Inken Weiand

Nichts Besonderes, aber voll in Ordnung

Inken Weiand

Nichts Besonderes, aber voll in Ordnung

Geschichten für Konfirmanden

mediaKern

Bibliografische Information der Deutschen Nationalbibliothek
Die Deutsche Nationalbibliothek verzeichnet diese Publikation in der Deutschen Nationalbibliografie; detaillierte bibliografische Daten sind im Internet uber http://www.dnb.de abrufbar.

ISBN 978-3-8429-2019-4

Bestell-Nr. 5.122.019

Umschlagbild: Getty Images / saovadee
Umschlaggestaltung: Ch. Karádi
Layout und Satz: J. Deusch
Lektorat: Dr. Ulrich Parlow
Gesamtherstellung: Drukarnia Dimograf, Bielsko-Biała, Polen
Printed in the EU 2015

www.media-kern.de

Inhalt

Der Tag, an dem alles schiefging

Es gibt diese Tage, die beginnen schon schlecht. Und wie sie weitergehen, will der Mensch überhaupt nicht wissen.

Madeleine wacht davon auf, dass sie von Mathe träumt. Und da fällt ihr ein, dass sie vergessen hat, die Schultasche zu packen.

Sie springt aus dem Bett, immerhin wird es draußen schon hell; dabei stolpert sie über ihre Hausschuhe und fällt auf die Bettkante. Mit dem Unterarm. Tierisch weh tut das.

Madeleine macht das Licht an und reibt sich den Unterarm.

Dann sucht sie ihre Schulsachen zusammen. Als sie das Geodreieck endlich hat und den ganzen Stapel vom Schreibtisch hebt, fällt ihr alles hinunter. Und als sie die Sachen aufheben will, ist das Geodreieck zerbrochen.

Die Beckmann macht Ärger ohne Ende, wenn Madeleine kein Geodreieck dabei hat, das ist klar. Madeleine steckt das kaputte Geodreieck ein.

Gerade hat sie den Ranzen fertig gepackt, da klingelt der Wecker. Madeleine sprintet hinüber.

In der Hektik fällt der Wecker vom Nachtschränkchen und das Deckglas springt ab.

Mutti kommt ins Zimmer und schimpft los, als sie das Durcheinander sieht.

Trotzig sieht Madeleine sie an. »Heute geht eh alles schief!«

»Jetzt mach nicht schon am frühen Morgen Ärger!«

Mütter können echt nerven. Und diese hier knallt jetzt die Tür hinter sich zu.

Madeleine macht sich fertig. Die Zahnpastatube ist fast leer, und als Madeleine bei dem Versuch, noch etwas herauszubekommen, ein bisschen zu viel Erfolg hat und sich den Pulli versaut, wundert sie sich schon kaum mehr.

Beim Frühstück schneidet sie sich in den Finger. Den Bus verpasst sie um ein Haar nicht; aber dann geht die Schranke herunter, der Bus bekommt die Tür nicht auf und Madeleine kommt zu spät zur Schule.

Die Beckmann ist erwartungsgemäß stinksauer.

Madeleine bekommt eine Fünf im Vokabeltest wieder und weiß, was das bedeutet: üben, üben, üben. Die Mutter ist da knallhart. Es sei denn, man verschweigt ihr, was los ist. Aber ob das korrekt ist …?

Nicki rennt heulend herum, weil Karsten mit

ihr Schluss gemacht hat, und das geht natürlich auch Madeleine an, schließlich ist Nicki ihre bF.

Weil die Jungs die Tafel mit Seife beschmiert haben, bekommt die ganze Klasse eine Strafarbeit auf. Und dann beginnt es auf dem Heimweg noch ganz plötzlich zu regnen, sodass Madeleine pitschnass nach Hause kommt.

Der Tag geht so furchtbar weiter, wie er angefangen hat.

Zu Hause ist Oma. Oma kommt manchmal zu Besuch. Sie sitzt in der Küche und schält Kartoffeln.

»Hallo, mein Liebling!«, sagt Oma. »Wie geht es dir?«

»Schlecht«, sagt Madeleine.

»Oh«, sagt Oma mitleidig. »Du siehst auch ganz nass aus. Magst du eine heiße Zitrone?«

Madeleine nickt. Wenn der Tag auch ein furchtbarer ist – eine heiße Zitrone tut bestimmt gut.

Madeleine zieht sich um. Die Oma presst eine halbe Zitrone aus, gibt den Saft und einen Löffel Honig in eine Tasse, füllt mit heißem Wasser auf.

Madeleine setzt sich in die Küche und wärmt die Hände an dem Getränk. Dann erzählt sie.

Die Oma hört zu. Sogar das Kartoffelschälmesser legt sie aus der Hand.

Als Madeleine geendet hat, sieht sie die Oma

an. Die jedoch schmunzelt vergnügt vor sich hin.

»Was gibt es denn da zu lachen?«, fragt Madeleine böse. »Ich habe einen Pechtag – und du findest das lustig?«

»Nicht aufregen, mein Schatz«, sagt Oma beruhigend. »Ich hatte auch mal so einen Pechtag. Das Kleid war mir gerissen, mit meinen Eltern hatte ich Streit und schließlich ging auch noch mein Täschchen verloren. Das hat mich ziemlich fertiggemacht. Aber dann kam ein junger Mann und brachte mir mein Täschchen wieder, das er gefunden hatte. Er ist später dein Großvater geworden.« Sie lächelt vor sich hin. »Gott kann aus einem schlechten Tag noch etwas Gutes machen.«

Madeleine starrt Oma an. »Echt? War das so?« Sie kann sich ihre Großmutter schlecht in jung vorstellen.

Oma nickt. »So war das. Und wenn du deine Hausaufgaben schnell machst …«

»… und die Strafarbeit«, unterbricht Madeleine.

»… und die Strafarbeit, dann habe ich noch eine Überraschung für dich«, ergänzt Oma.

»Eine Überraschung? Oma, du bist die Beste! Und vielleicht wird der Tag ja doch noch gut!«

Gottes Welt ist bunt

»14. Das ist unser Zimmer.« Erwartungsvoll schließt Maja die Tür auf.

Millie bleibt noch stehen. »Guck mal da!«

»Was ist da?«

Millie weist auf eine quadratische Milchglasscheibe in der Tür, etwa zehn mal zehn Zentimeter groß. »Dadurch können sie abends sehen, ob wir noch Licht anhaben.«

»Das darf doch wohl nicht wahr sein!« Maja lacht. »Na los! Kommt schon rein!«

Millie und Anna folgen ihr zögernd. Eigentlich hat keine von ihnen viel Lust gehabt auf diese Abschlussfreizeit. Ach so, es heißt ja auch gar nicht »Freizeit«. Es heißt »Seminar«. »Konfirmandenseminar«. Macht die Sache auch nicht besser. Aber jetzt, wo sie schon einmal da sind, wollen sie wenigstens ein bisschen Spaß haben.

»Schaut mal! Wir haben fünf Betten. Genug Auswahl für alle.«

Maja knipst das Licht an. »Na toll. Die eine Lampe funktioniert nicht. Und der Deckel von der Klospülung liegt neben dem Kasten.«

»Immerhin haben wir Platz«, stellt Millie fest.

»Weil wir sechs Mädchen in der Gruppe sind und sie nur Fünferzimmer haben.«

»Glück gehabt.«

»Beeilt euch. Sonst kommen wir zu spät. Und dann geht der Ärger schon gleich am Anfang los.«

Im Nachbarzimmer ist gerade Greta dabei, ihr Bett zu beziehen. Akkurat faltet sie die Decke auf dem Bett. Sie sieht sich um. »Wohin kommt das Gepäck?«

»Hier gibt es diese Regale«, stellt Angelika fest. »Welches willst du?«

»Ich nehme das.«

»Okay, dann nehme ich das ganz oben. Und wenn Jana das dazwischen nimmt, haben wir die beiden Fächer links frei, um kurzfristig darin etwas unterzubringen.«

Schnell und effektiv haben die Mädchen ihr Zimmer in Besitz genommen. Jana dreht noch die Heizung auf, bevor sie sich kurz umsieht. »Die Mängel melden wir gleich, damit wir nicht hinterher die Dummen sind, die alles kaputt gemacht haben.«

Die drei verlassen ihr Zimmer und gehen dann auf dem Flur durch die Glastür. Hier ist das Zimmer, in dem die Pfarrerin Quartier bezogen hat. Hinter der nächsten Glastür wohnen die Jungen.

»Nicht zu übersehen«, wie Greta feststellt. Und tatsächlich liefern sich Mark, Roland, Ortwin und Kilian eine heftige Prügelei auf dem Flur.

Ja, es scheint nicht wirklich ernst gemeint zu sein, denn alle vier lachen dabei. Aber es sieht gefährlich aus. Mark und Ortwin halten Kilian fest, der sich heftig windet und wehrt. Roland rammt Mark von hinten, vielleicht um Kilian zu befreien.

»Wer ist der beste Verein der Bundesliga?«, brüllt Ortwin.

»FC forever!«, brüllt Kilian zurück, woraufhin ihn die anderen noch mehr in die Zange nehmen.

Greta verdreht die Augen. Jungen sind zu blöd!

Von der Besatzung des anderen Zimmers hört und sieht man gar nichts. Das ist auch kein Wunder, denn Max, Uwe und Finn kämpfen mit dem Beziehen der Betten.

»Ich weiß nicht, wie man das Kopfkissen in die Hülle bekommen soll«, stöhnt Finn. Und tatsächlich ist sein Kopfkissen dermaßen aufgeplustert, dass es zumindest fraglich erscheint, ob es jemals in irgendeinen Bezug passt.

»Ist es eigentlich sicher, dass das Betttuch über die Matratze passt?«, schimpft Max.

»Da gibt es einen Trick«, verrät Uwe. Und er zeigt den anderen, wie man die Matratze in der

Mitte zusammenknicken kann, danach alle Ecken des Spannlakens über die Matratzenecken zieht, schließlich loslässt und sich entspannt auf das Bett wirft.

Fasziniert sehen ihm Max und Finn zu. Dann machen sie es ihm nach.

»Ich wusste gar nicht, dass du so praktisch veranlagt bist«, meint Finn zwischen Bewunderung und Kopfschütteln.

»Tja, da seht ihr es«, erklärt Uwe selbstbewusst. Er fährt sich mit der Hand durch die langen, gepflegten Haare. »Aber wir sollten mal zusehen, dass wir hinunterkommen. Sonst gibt es nachher nur Ärger.«

»Dem Geräuschpegel nach zu urteilen, sind die Kollegen aus dem Nachbarzimmer auch noch hier«, bemerkt Max.

Kurz lauschen sie auf den Lärm, der immer noch aus dem Flur dringt. Uwe schüttelt den Kopf. Sie machen sich auf den Weg.

Unten sind Angelika, Greta und Jana dabei, der Pfarrerin zu helfen, einen Stuhlkreis zu stellen, Materialien auf den Tischen zu verteilen und Liederbücher auf die Stühle zu legen.

Max ist neuerdings ziemlich heftig daran interessiert, Angelika zu gefallen. Sofort beginnt er, Stühle zu stellen.

Angelika sieht kurz auf und lächelt ihm zu. Max wird rot. Finn und Uwe lehnen in der Tür und beobachten die Szene grinsend.

Nach kurzer Zeit ist die ganze Arbeit getan. »Wo sind die anderen?«, fragt die Pfarrerin.

Aber da kommen sie schon, zuerst Millie, Maja und Anna, dann die restlichen Jungen.

Es gibt einen Stuhlkreis, in dessen Verlauf die Pfarrerin den Konfirmanden erklärt, was das Ziel des Seminars ist: nämlich einen Gottesdienst zu gestalten.

»Ich habe ein paar Themen zur Auswahl«, erklärt sie. »Ihr solltet euch zunächst eines davon aussuchen.«

Kilian kickt Roland ein Wollknäuel zu, das auf dem Boden lag. Max sieht Angelika an, was Jana grinsend beobachtet. Finn macht den Gesichtsausdruck der Pfarrerin nach, was Millie und Jana mit einem Kichern quittieren.

Greta sieht die Pfarrerin nachdenklich an. »Was haben Sie denn für Themen?«

Die Pfarrerin tut so, als bemerke sie die Sache mit dem Wollknäuel gar nicht, und antwortet ruhig: »Hier ist eine kleine Liste mit drei Themen. Erstens dachte ich an ›Bewahrung der Schöpfung‹. Zweitens ›Miteinander – füreinander‹. Drittens ›Martin Luther und unsere Zeit‹.«

Kilian gähnt und gibt Roland Zeichen, das Wollknäuel zurückzukicken.

Angelika sieht die Pfarrerin verwundert an. Schließlich meint sie, das einzige halbwegs akzeptable Thema sei ja wohl »Miteinander – füreinander«, woraufhin ihr Max sofort zustimmt.

Millie erklärt gelangweilt, ein Thema sei schlimmer als das andere und sie finde nicht, dass man eines davon nehmen solle.

Greta wiederum meint, Martin Luther sei doch ganz interessant, aber sie wird vom Rest der Gruppe gnadenlos überstimmt.

Jana will »Bewahrung der Schöpfung« als Thema und findet dabei auch noch ein paar Mitstreiter.

Die Pfarrerin fragt etwas lahm, auf was für ein Thema man sich denn nun einigen könne.

»Jesus als Revolutionär«, schlägt Uwe vor und bekommt direkt Zustimmung von Finn und Kilian.

»Och nee!«, stöhnt Greta. »So ein Zeug macht man schon ständig in der Schule. Lasst uns was Anständiges machen. Biblisches Schwarzbrot, wie Paulus sagen würde. Lasst uns den Menschen sagen, was sie alles falsch machen. Die Bergpredigt oder so etwas!«

Verwundert sieht die Pfarrerin sie an. »Biblisches Schwarzbrot« – und das von einer Konfirmandin. Darauf ist sie nicht vorbereitet.

Wider Erwarten stimmt jemand Greta zu. »Doch, ja, Bergpredigt ist cool«, meint Roland. »Damit kann man was anfangen. Selig sind die Atomkraftgegner und so.«

Greta findet es nicht gut, über die Bergpredigt zu witzeln, doch Roland erklärt, er habe sich nicht darüber lustig machen wollen, sondern sie nur in moderne Bilder übertragen.

Jana findet das Thema ohnehin zu heikel und will lieber etwas Harmloseres machen. »Stellt euch vor, da ist zum Beispiel ein Soldat im Gottesdienst. Der kann sich doch danach selber erschießen«, erklärt sie.

»Versucht doch, euch zu einigen!«, ruft die Pfarrerin mit hilfloser Stimme dazwischen.

Max blinzelt Angelika zu. »Also, Schwarzbrot kommt überhaupt nicht in Frage! Ich bin für die Revolution!«

Angelika versteht. »Schwarzbrot und sonst nichts«, erklärt sie resolut. »Oder im Notfall Milch. Weil wir alle noch keine gefestigten Christen sind.«

»Was meinst du jetzt damit?«, fragt Uwe verwirrt.

Die Diskussion geht so weiter, wie sie angefangen hat. Die Gruppe kann sich auf kein Thema einigen und noch viel weniger darauf, wie sie den Gottesdienst eigentlich gestalten will.

Max und Angelika wollen ein Anspiel machen, Jana einen nachdenklichen Text schreiben, Greta nur Gebete vorlesen, Uwe und plötzlich auch Millie Lieder singen.

Kilian findet Janas Vorschlag langweilig, Uwe Angelika zu profan, Angelika Uwe einfach nur peinlich und Greta erklärt, mit Uwe habe sie keine Lust, Lieder zu singen.

»Ihr müsst euch einigen!«, ertönt die klagende Stimme der Pfarrerin mitten im Durcheinander. Aber keiner hört sie – zumindest hört keiner auf sie.

Nein, denn Roland ist soeben dabei, das Wollknäuel zu sich heranzuziehen, was zur Folge hat, dass ein riesiger Knoten entsteht. Greta springt hinzu, um das zu verhindern.

Kilian trällert ein fröhliches Liedchen vor sich hin.

Jana schweigt und starrt gedankenvoll in die Luft.

Angelika hat einen kleinen Block und einen Stift genommen und schreibt.

»Ihr müsst euch einigen!«, ruft die Pfarrerin erneut.

»Ach, ist doch egal«, erklärt Uwe achselzuckend.

»Geben Sie mir die Lieder, dann mache ich einen coolen Sound dazu.«

»Ich dachte eigentlich, ihr sucht die Lieder aus«, wendet die Pfarrerin ein.

»Okay. Wird gemacht.« Uwe setzt sich beiseite und schnappt sich Liederbuch und Gitarre.

Angelika starrt in die Luft und schreibt irgendetwas auf.

Roland und Greta zerren am Wollknäuel.

»Was macht ihr denn da?«, fragt die Pfarrerin böse. Vielleicht hat sie jetzt erst mitbekommen, was die beiden tun.

»Wir bereiten den Gottesdienst vor«, erklärt Roland mit breitem Grinsen. »Dieser Knoten steht für die Probleme der Welt. Nur durch Jesus sind sie zu lösen.«

»Das ist eine wunderbar bildhafte Beschreibung«, lobt die Pfarrerin. »Endlich einmal ein wirklich brauchbarer Ansatz. Das bauen wir auf jeden Fall ein.«

Millie kichert leise. Greta wirft ihr einen bösen Blick zu.

»Warum bist du so fröhlich?«, fragt die Pfarrerin misstrauisch.

»Ich bin einfach ein fröhlicher Mensch«, erklärt Millie mit unschuldiger Miene, was die Pfarrerin aber nicht wirklich überzeugt.

Das Wochenende geht so weiter, wie es angefangen hat.

Uwe klimpert auf seiner Gitarre herum, mit ein paar weiblichen Zuhörern.

Angelika schreibt ein Anspiel und kann tatsächlich Max und Jana dazu bewegen, mitzuspielen; sie machen sich ernsthaft ans Proben.

Roland und Kilian spielen Handyspiele und erklären auf Nachfrage, sie stimmten sich innerlich auf ihre Aktion mit dem Wollknäuel ein.

Greta und Anna stricken abwechselnd an einem Schal und erklären, sie wollten doch nur Gebete lesen, dafür müssten sie sich nicht extra vorbereiten.

Beim Abendessen schlagen die Jungen so richtig zu – außer Max, der sich nur Nudeln nimmt.

Millie, Maja und Anna hingegen nehmen jede ein einzelnes Würstchen und einen Löffel Beilagen. Angelika isst überhaupt nur Salat, und Greta erklärt nach einem kurzen Blick auf die Schüsseln, sie habe keinen Hunger.

Anschließend bringen Angelika, Maja und Greta das Geschirr in die Küche. Als Max es bemerkt, beginnt er ebenfalls ein hektisches Abräumen, wird jedoch von der Pfarrerin zurückgepfiffen. Sie meint, es seien schon genügend damit beschäftigt und er möge doch lieber helfen, den

Stuhlkreis für die Andacht aufzubauen. Max hat keine Lust, hilft aber trotzdem beim Stühlestellen, um schließlich bei der Andacht betont entkräftet auf seinem Stuhl zu hängen und zu erklären, er könne nicht mehr.

Überhaupt singt nur Uwe mit seinem neuen weiblichen Fanclub mit bei den Liedern, die anderen stricken oder machen Blödsinn oder gar nichts.

Und während die Pastorin eine nette, nachdenkliche Geschichte vorliest, in der viel von einem kleinen Krabbelkäfer die Rede ist, der sich zu Tode hungert, rutscht Max unauffällig immer näher an Angelika heran, bis Greta plötzlich die Pastorin unterbricht und sie fragt, ob sie etwa gedenke, die anwesenden Mädchen in die Magersucht zu treiben.

Es folgt eine längere Debatte darüber, ob diese Anmerkung von Greta eigentlich die Gleichberechtigung berücksichtige, schließlich habe sie sich nur um die Mädchen gesorgt.

Die Andacht geht nach und nach in eine wilde Diskussion über. Roland wirft mit dem Wollknäuel beziehungsweise dem, was daraus geworden ist, Kilian schreit, Uwe beginnt aus unerfindlichen Gründen, »Weißt du, wo die Blumen sind?« zu singen, und Angelika fängt an zu weinen.

Max umarmt sie und erklärt ihr, er werde sie beschützen. Greta sieht auf die Uhr und erklärt energisch, es sei Zeit, ins Bett zu gehen, woraufhin sie mit ihren Zimmergenossinnen entschwindet.

Die Freizeit, das Seminar also, wird immer noch nicht anders. Angelika deckt die Tische, Greta steht früh auf, Uwe spielt Gitarre, Roland, Kilian und Ortwin entfachen eine wilde Kissenschlacht auf dem Flur. Maja geht spazieren und dann verloren, Millies Handy ist zeitweise ebenfalls verschollen, Max und Angelika laufen Händchen haltend durch die Flure und werden schließlich zur Ordnung gerufen.

Trotz zweier weiterer Andachten und mehrerer Arbeitseinheiten gibt es keine Einigung auf ein Thema, dafür diverse Elemente, die von irgendeinem ganz unbedingt in den Gottesdienst eingebracht werden sollen.

Die Pfarrerin ist der Verzweiflung nahe. Und als die Heimfahrt angetreten wird, ist immer noch vollständig unklar, wie der Gottesdienst eigentlich ablaufen soll.

Den Jugendlichen scheint die Sache ziemlich egal zu sein, der Pfarrerin bereitet sie einige schlaflose Nächte.

Ein Konfirmandentreffen gibt es vor dem geplanten Gottesdienst noch, und wie die Pfarrerin so über die bunte Gruppe schaut, die hier inzwischen zusammengewachsen ist, da fällt ihr nichts anderes ein, als jeden seinen Beitrag leisten zu lassen.

»Jeder darf das machen, was er sich ausgedacht hat?«, lacht Roland. »Na, das wird ja ein Chaosgottesdienst werden!« Aber er ist zufrieden und die anderen sind es auch.

Am nächsten Sonntag spricht die Pfarrerin die Begrüßung. »Und weil wir eine unheimlich kreative und vielfältige Gruppe haben, ist auch unser Gottesdienst kreativ und vielfältig. Er steht unter dem Motto: ›Gottes Welt ist bunt.‹«

Ja, der Gottesdienst wird wahrhaftig bunt. Es gibt ein Anspiel zur Arche Noah, in der die vielen Tiere miteinander auskommen müssen. Es gibt einen nachdenklichen Text zur Bergpredigt. Es gibt moderne Lieder, erst vorgetragen von einer kleinen Konfirmandengruppe und anschließend von der Gemeinde mitgesungen. Es gibt eine kreative Aktion, in deren Verlauf aus einem hoffnungslos verknoteten Wollknäuel ein kleiner, bunter Filzball hergestellt wird. Es gibt eine Predigt der Pastorin, die schließlich in ihrer Verzweiflung als Thema gewählt hat: »Ein Leib, viele Glieder« – frei nach dem Apostel Paulus.

Und es gibt ein spontanes Schlusswort eines

einzelnen Konfirmanden, der sich hinstellt und erklärt, das Leben sei doch total langweilig, wenn alle gleich ticken würden. Gott habe sich Vielfalt gewünscht, er habe Vielfalt geschaffen, verschwenderische Vielfalt, und die dürfe und solle man auch leben.

Am Schluss des Gottesdienstes gibt es spontanen Applaus für die Konfirmanden, und Angelika fällt Max um den Hals.

Gottes Welt ist bunt.

Wie die Sonne

Es gibt Tage, an denen fühlt sich Patty wie festgefroren. Die deprimierte Mutter, der Vater, der sich abends immer aus der Schule berichten lässt, die nörgelnde Oma und Timo, der freche kleine Bruder – nie wird sie von ihnen loskommen.

Jeden Tag dasselbe. Jeden Tag schon beim Frühstück dasselbe. Die Mutter starrt vor sich hin und seufzt. Der Bruder meckert über den Aufschnitt. Er will Schinken, immer nur Schinken. Die Oma, die aus der Schule erzählt und dabei im Kaffee rührt, dass der Löffel klappert. Ein entsetzliches Geräusch.

Der Vater, der in die Zeitung sieht und vor dem Weggehen noch die Bemerkung in die Runde wirft: »Ich erwarte positive Nachrichten heute Abend.« Dann rauscht er ab. Die Tür fällt hinter ihm ins Schloss und man kann das Aufatmen in der Küche hören.

Ob die Eltern wissen, dass Patty und ihr Bruder jedes Wort ihrer Streitgespräche hören können, die sie abends im Schlafzimmer führen? Ob ihnen klar ist, dass die Kinder gehört haben, dass die

Mutter am liebsten ausziehen würde, es aber wegen der Großmutter nicht tut – und vielleicht auch ein bisschen wegen der Kinder? Dass der Vater zwischendurch immer wieder einmal eine Geliebte hat, weil die Mutter seine »Bedürfnisse nicht erfüllt«? Dass die Mutter im letzten Jahr einen Haufen Geld für Schuhe verpulvert hat, weil sie »etwas zum Sichfreuen« brauchte?

Die Mutter ist auch festgenagelt in dieser Familie. Wie Patty. Festgefroren.

Patty hat einmal ein Bild gesehen von einem Mädchen, das mit der Zunge im Winter an einem Laternenpfahl geleckt hat. Es ist festgefroren. Und es steht da, mit großen aufgerissenen Augen, die Zunge grotesk am Laternenpfahl, und kommt nicht weg, nie wieder oder wenigstens nicht bis zum Sommer oder bis vielleicht jemand mit einem Föhn kommt.

Patty ist in ihrer Familie festgefroren. Nie wird sich etwas ändern, nie.

Als sie heute nach Hause kommt, sieht die Mutter sie aus gequälten Augen an. Soeben hat der Vater angerufen, er hat eine Sitzung und kommt später nach Hause. Die Mutter hat Zahnschmerzen. Sie muss zum Zahnarzt, aber das ist dem Vater egal, ihm ist die Mutter überhaupt egal. Der Bruder will Fußball spielen; das soll er ruhig machen, dann ist solange wenigstens Ruhe im Haus. Die Oma läuft unruhig durch die Wohnung, immer hin und her, immer hin und her. Wenn man ihr jetzt eine Tasse Kaffee gäbe, würde sie wieder mit dem Löffel klappern.

Natürlich muss Patty wieder alles regeln. »Du fährst jetzt zum Zahnarzt«, erklärt sie grimmig der Mutter. »Auf dem Hinweg setzt du Timo beim Fußballplatz ab. Vater kann sehen, woher er sein Essen bekommt. Und ich passe auf Oma auf.«

Die Mutter sieht sie dankbar an. Sie gibt ihr sogar einen Kuss. Vielleicht ist die Mutter gar nicht schlimm, sondern nur kaputt. Sie packt Timo ins Auto und fährt.

Patty ist mit der Großmutter alleine. Eigentlich müsste sie jetzt essen. Oder Hausaufgaben machen. Aber mit der herumlaufenden Oma ist das mehr als schwierig.

»Komm, wir gehen raus«, sagt Patty.

Sie bleibt neben der Oma stehen, bis die sich angezogen hat. »Du kannst dir die Schuhe selber binden«, erklärt sie ihr und die Oma kann. Die Oma kann eigentlich das meiste, was sie schon als Kind gelernt hat.

»Komm, Oma«, sagt Patty, hakt sie unter und verlässt das Haus. Draußen überlegt sie: Wohin sollen sie gehen? Durch die Straßen? Ach nein, da gucken die Leute immer so.

»Wir gehen in den Park«, beschließt Patty und mit der Großmutter am Arm läuft sie los.

Es ist ein windiger Tag. Die Bäume biegen sich, und Patty hofft, dass es nicht anfängt zu regnen.

Patty läuft mit Oma durch die Straßen; schon bald haben sie den Park erreicht. Hier saust der Wind durch die Bäume.

Oma duckt sich. Vielleicht bekommt sie Angst. Patty nimmt sie am Arm und führt sie auf den Rasen. Hier steht eine Bank.

»Willst du dich setzen?«, fragt Patty.

Oma nickt. Sie setzt sich und sieht sich aufmerksam um. Den Rasen, die Bäume, die Bank, dann den Himmel. »Guck mal, die Wolken«, sagt Oma.

Patty sieht an den Himmel. Tatsächlich jagen dort Wolkentürme und -figuren in ziemlichem Tempo dahin.

»Wolken sind aus Wasser«, stellt Oma fest. »Es gibt den Wasserkreislauf. Aus dem Meer verdunstet das Regentröpfchen, dann fährt es als Wolke über den Himmel. Wenn es zu hoch kommt, gefriert es zu Eis. Wenn es dann herunterfällt, hagelt es. Aber der Hagel schmilzt und das Regentröpfchen fließt in ein Bächlein, das fließt wieder in das

Meer. Das ist der Wasserkreislauf. – Bekomme ich nun eine Eins?«

Patty starrt die Großmutter an. Festgefroren. Irgendwann, irgendwann schmilzt der Hagel, schmilzt das Eis und es geht weiter. Ins Meer, weit weg, dahin, wohin die Wolken ziehen. Irgendwann wird man frei. Wie das wird? Anders. Man weiß es nicht. Aber keiner muss festgefroren bleiben.

Ein Spruch fällt Patty ein: »Gottes Liebe ist wie die Sonne.« Wie die Sonne Eis schmilzt, kann Gott unser Leben aus der Erstarrung lösen.

»Bekomme ich eine Eins?« Omas Stimme zittert.

»Ja. Eine Eins mit Plus und Sternchen.«

Vielleicht war es ja doch gut …

Fenja ist gerade umgezogen. Sie hat den Umzug nicht gewollt. Ihr Vater ist versetzt worden und jetzt geht sie plötzlich auf eine andere Schule. Die neuen Klassenkameraden verhalten sich halbwegs zivilisiert – aber wirklich nett sind sie nicht zu Fenja.

Carolin hat ihr nur zu deutlich gezeigt, dass sie sauer ist, weil sie wegen Fenja nicht mehr mit ihrer besten Freundin Ronja zusammensitzen kann. Iris hat ihr direkt gesagt, dass sie sich besser nicht in ihre Angelegenheiten mischen soll. Und die übrigen Mädchen haben offensichtlich alle mit sich selber zu tun.

Die Jungen aber sind, wie Jungen meistens sind. Sie spielen in den Pausen Skat oder Fußball und blasen in den Schulstunden Papierkügelchen durch die Klasse. Ein Verhalten, das Mädchen wahrscheinlich schon in der Grundschule ablegen.

Ein paar sind anders: Da sind Ron und Harvey, wahrscheinlich sitzen geblieben, vielleicht mehrfach. Sie haben beide schon Bartwuchs und fachsimpeln in den Pausen nur über Rockmusik. Anscheinend haben sie eine eigene Band, wenn Fenja es richtig verstanden hat.

Dann gibt es Kalle, der immer und überall alles besser weiß. Und Maximilian, der immer freundlich und fröhlich ist. Aber der wird von den Mädchen umschwärmt wie der Honigtopf von den Bienen, an den kommt Fenja nicht heran.

Also sitzt sie nachmittags und am Wochenende zu Hause herum, chattet ein wenig mit ihren ehemaligen Freundinnen und langweilt sich ansonsten. Der Umzug war echt überflüssig, was Fenja angeht.

»Willst du nicht mal ein Mädchen einladen?«, fragt die Mutter.

Fenja schüttelt den Kopf. Das fehlte ihr noch!

»Vielleicht magst du dich ja mal mit ein paar deiner neuen Klassenkameradinnen zum Shoppen verabreden?«, versucht es die Mutter noch einmal.

»Bloß nicht!«

»Und wie wäre es mit Reiten? Du bist doch so gerne geritten!« Mutter lässt nicht locker.

Fenja zögert. Reiten, ja. Das wäre vielleicht etwas. Da trifft sie nicht die Zicken aus ihrer Klasse, sondern hoffentlich andere Mädchen.

»Vielleicht«, sagt Fenja.

»Ich werde mich mal erkundigen.«

Am nächsten Tag erstattet die Mutter Fenja Bericht. »Es gibt hier einen großen Reitstall, einen Ponyhof und einen Reiterhof mit Islandpferden. Was meinst du? Soll ich mal konkret nachfragen? Und was interessiert dich am meisten?«

Fenja ist nie viel geritten. Gerne zwar, aber nur mittelgut. Und heute hat Ronja in der Schule erwähnt, dass sie reiten geht. Und springt.

»Frag bei den Isländern«, sagt Fenja schnell. Isländer springen nicht, soweit Fenja weiß.

Schon am nächsten Tag gibt die Mutter Auskunft. »Ich habe dich für eine Schnupperstunde angemeldet. Gleich morgen Nachmittag!«

Fenja weiß nicht, ob sie sich freuen oder Angst haben soll. Jetzt auch noch zu lauter fremden Mädchen – muss das sein? Aber vielleicht sind sie ja nett. Und vielleicht findet Fenja dort endlich eine Freundin!

Am nächsten Tag zieht Fenja sich die Reitsachen über. Mit dem Helm unterm Arm steigt sie schließlich vor einer großen Reithalle aus dem Auto. Einige Autos stehen hier schon. Und auf den Koppeln ringsum stehen Pferde, Pferde, Pferde. Isländer. Diese kleineren und robusten Islandpferde.

Fenja atmet tief durch, als die Mutter mit ihr

auf eine Menschengruppe zugeht. Ein paar Mädchen stoßen sich gegenseitig in die Seite und kichern. Bestimmt über Fenja. Ein Junge führt zwei Ponys am Halfter. Die anderen machen ihm Platz. Jetzt kommt er genau auf Fenja zu. Himmel, das ist Maximilian!

In genau diesem Moment brüllt irgendwo in der Nähe eine Motorsäge auf. Eines der Ponys bäumt sich auf und reißt sich los. »Halt!«, ruft Maximilian.

Aber das Pony ist nicht wirklich wild. Es läuft ein paar Schritte in Fenjas Richtung und lässt sich dann ganz leicht am Halfter nehmen. Lächelnd bringt Fenja das Tier zu Maximilian zurück. »Darf ich dir dein Eigentum wiedergeben?«, fragt sie. Was für ein Auftritt!

Maximilian starrt sie an. Knallrot wird der Arme. Und er sieht … hm … richtig süß aus so. »Frekja ist nicht mein Eigentum«, stottert er. »Ich sollte sie für eine neue Reitschülerin holen.«

»Oh.«

Plötzlich lacht Maximilian. »Jetzt sag nicht, dass du die neue Reitschülerin bist!«

»Ich weiß nicht, kann sein …«

Inzwischen hat jemand eine burschikos aussehende Frau herbeigeholt. Ihre langen Haare hat sie zu einem losen Zopf zusammengebunden, sie ist braun gebrannt und sie eilt nun auf Fenja und ihre Mutter zu. »Mein Name ist Angelika, ich bin die Reitlehrerin hier. Sie sind Frau Rotter?«

Fenjas Mutter nickt. »Das hier ist meine Tochter Fenja.«

»Prima. Max hat bereits ein Pony für sie geholt. Fenja, ich sehe, du hast bereits Freundschaft mit ihm geschlossen. Magst du Frekja anbinden und putzen?«

Fenja nickt. Neben dem Fuchswallach, den Maximilian gerade festbindet, bindet sie die schwarze Stute fest. Dann sieht sie sich um.

»Suchst du das Putzzeug? Ich zeige es dir …« Das ist Maximilian.

Gemeinsam gehen die beiden zum Schuppen und er zeigt ihr, wo die Bürsten und Striegel alle liegen. »Hier sind auch die Gerten«, sagt Maximilian, »aber bei Frekja wirst du keine brauchen. Sie ist zwar unheimlich lieb, doch nicht so entsetzlich faul.«

Fenja schnappt sich einen Hufkratzer und einen Striegel und beginnt dann, das Pony zu putzen. Sie ist bis jetzt Großpferde geritten, da kommt ihr der Isländer richtiggehend klein vor.

Aber das Pferd hält geduldig still, während Fenja es striegelt. Ganz offensichtlich genießt es die Prozedur, denn es steht mit halb geschlossenen Augen da.

Dann kratzt Fenja die Hufe aus, auch das funktioniert anstandslos. Als sie die Sachen wieder wegbringt, trifft ihr Blick kurz den Maximilians und ihr wird es richtig heiß. Meine Güte, wenn sie sich nun blamiert?

Fenja lässt sich den Sattel zeigen, legt ihn dem Pferd auf. So ein Isländer ist viel kleiner als ein Großpferd – und auch kürzer. Der Sattel darf nicht zu weit vorne liegen, aber auch nicht zu weit hinten. Wie peinlich, wenn sie jetzt etwas falsch macht!

Fenja nimmt die Trense, sortiert sie sich sorgfältig zurecht, nimmt Frekja das Halfter ab und bietet ihr das Gebiss an. Frekja zögert etwas, bevor sie das Maul öffnet, aber dann klappt alles wie am Schnürchen.

Fenja späht kurz zu Maximilian hinüber. Ob er bemerkt, wie gut sie alles hinbekommt?

Aber er scheint anderweitig beschäftigt zu sein. Er hilft einem großen Mädchen mit langen, blonden Haaren beim Auftrensen seines Ponys.

Fenja schluckt. Ausgerechnet das. Das wird seine Freundin sein, klar. Er sieht ja auch gut aus und ist nett – natürlich hat er eine Freundin. Und natürlich war dieser Umzug das Letzte;

wieso auch sollte er ihr einen so süßen Jungen bescheren?

Aber soll sie sich jetzt das Reiten dadurch verderben lassen? Fenja wirft den Kopf in den Nacken. Nein. Sie wird jetzt reiten, sie wird gut reiten, ganz egal, was alle Jungs und Mädchen der Welt sonst so anstellen.

»Seid ihr alle so weit?«

Angelika kommt zu Fenja, nickt zufrieden. »Du reitest schon länger, nicht wahr?«

»Ja, aber bis jetzt nur Großpferde.«

»Den Tölt wirst du lieben«, meint Angelika lachend. »Der ist weich wie ein Sofa.«

Fenja nickt. Bestimmt wird sie den Tölt mögen. Leider ist ihr gerade jetzt klar geworden, dass sie auch Maximilian mag. Maximilian, der eine Freundin hat. Trotzdem wird sie diese Reitstunde mit Anstand hinter sich bringen, das nimmt sie sich vor.

Und die Reitstunde macht Spaß. Hier geht alles nicht so streng zu wie in der alten Reitschule, daran muss sich Fenja erst gewöhnen. Und das Islandpferd Frekja kommt ihr richtig klein vor. Aber eine kleine Freche ist sie trotzdem, die Stute. Fenja hat zuerst alle Mühe, sich gegen sie durchzusetzen. Endlich hat sie das Pferd so weit, dass es tut, was sie will, und nicht einfach irgendetwas.

»Prima, Fenja!«, ruft Angelika von der Mitte. »Das machst du echt gut!«

Fenja freut sich. Reiten macht Spaß – Jungs hin oder her. Pferde sind sowieso süßer und außerdem vernünftiger als jeder Junge.

Fenja lässt sich von Angelika erklären, wie sie die kleine Stute zum Tölten bekommt: vorne leicht am Zügel zupfen, um den Kopf hochzubekommen, gleichzeitig leicht antreiben.

Fenja braucht einige Zeit, bis sie genau verstanden hat, was die Reitlehrerin meint. Aber als es dann klappt, merkt sie selber, was für ein angenehm weicher Gang der Tölt ist.

Fast hat sie Maximilian und seine Freundin vergessen, als die Stunde auch schon zu Ende ist. Zwei Runden reiten die Kinder die Pferde noch locker im Schritt, dann stellen sich alle in der Reitbahnmitte auf.

Fenja klopft der kleinen Frekja freundlich den Hals. »Du bist ein braves Pony! Ein ganz süßes Pony!«

Sie lässt sich vom Pferd gleiten. Da steht auch schon Angelika neben ihr. »Und? Wie hat es dir gefallen?«

»Prima!« Fenja strahlt. »Ich muss noch mit meiner Mutter sprechen, aber ich würde sehr gerne wiederkommen!«

»Klasse! Ich denke auch, dass du gut in die Gruppe passt ...«

Hinter Angelika taucht Maximilian auf. Fenja sieht schnell weg. Soll der sich doch nichts einbilden, mit seiner Zicke da ...

Schnell führt Fenja die kleine Frekja zurück an den Anbindebalken, sattelt sie ab und bringt den Sattel weg.

»Magst du das Pferd auf die Weide zurückbringen? Dann spreche ich solange mit deiner Mutter die Formalitäten ab ...«

Fenja nickt. Sie braucht nur jemanden, der ihr die Weide zeigt.

Während sie das Gebiss auswäscht, beobachtet sie aus den Augenwinkeln Maximilian, der der Zicke gerade hilft, ihr Pferd abzutrensen. Und sie tut so, als bekomme sie die Verhandlung gar nicht mit, die die beiden führen. Dass nämlich Maximilian die Stute des Mädchens wegbringt und sie dafür seinen Wallach.

»Ich kann dir die Weide zeigen«, bietet Max Fenja plötzlich an. Das kann Fenja nun wahrlich schlecht ablehnen – sie weiß ja nicht einmal, wo die Weide ist.

»Danke«, sagt sie und ärgert sich, dass ihre Stimme so kratzig klingt. Schweigend gehen sie nebeneinander her, jeder ein Pony am Halfter.

Endlich gelangen sie zu einer großen, saftigen Weide. Hier stehen bestimmt 20 Ponys. »Das ist die Stutenweide im Moment«, stellt Maximilian fest. In der Schule war er weniger schweigsam.

Maximilian öffnet den Eingang im Zaun. Er lässt Fenja mit Frekja vor, dann folgt er mit seiner Stute und schließt den Zaun wieder. Beide lösen die Halfter ihrer Pferde.

»Willst du ein Leckerchen für Frekja?«, fragt Maximilian. Fenja nickt, und als er es ihr gibt, berühren sich kurz ihre Hände.

Frekja nimmt mit ihrem weichen Maul das Leckerchen von Fenjas Hand. Fenja streichelt das Pferd. »Bis bald«, sagt sie.

Maximilian sieht sie von der Seite an. »Kommst du wieder?«

Fenja zuckt mit den Schultern. »Ich denke schon.«

»Ich würde mich freuen«, sagt Maximilian leise. »Du bist … du bist so ein süßes Mädchen.«

Zum ersten Mal sieht Fenja ihm direkt in die Augen. »Was sagt deine Freundin dazu?«

»Welche Freundin?«

»Na, die mit dem roten Pulli, die die Stute hier geritten war.«

Maximilian lacht los. Verwundert sieht Fenja ihn an. Was ist jetzt daran lustig?

»Das ist meine Schwester«, stößt Maximilian schließlich hervor und wischt sich die Lachtränen aus den Augen. Dann fasst er Fenja an der Hand. »Bist du eifersüchtig gewesen?«

Fenja wird rot. Schrecklich rot. Beklommen nickt sie.

Da küsst Maximilian sie. Zum ersten Mal. Mitten auf der Pferdekoppel.

Es war gut, hierhin umzuziehen.

Der Spruch

»Hast du dein Zimmer aufgeräumt? Und die Hausaufgaben gemacht? Du könntest auch noch deinen Schreibtisch frei räumen …«

Jannis nickt ergeben. Seine Mutter ist bestimmt in Ordnung, aber manchmal behandelt sie ihn wie ein kleines Kind.

»Und wen willst du eigentlich noch zu deiner Konfirmation einladen?« Die Mutter hat einen Notizblock parat und sieht ihn erwartungsvoll an.

Jannis zuckt mit den Schultern. Seinen Vater darf er nicht einladen, der würde wahrscheinlich ohnehin nicht kommen. Seine Oma würde er gerne einladen, aber wenn er das sagt, bekommt seine Mutter einen Wutanfall.

»Oma«, sagt er.

»Kommt nicht in Frage!«, erklärt die Mutter. »Die stänkert doch bestimmt nur gegen mich. Die kommt mir nicht ins Haus.«

Jannis schweigt. Er hat gewusst, dass seine Mutter so etwas sagen würde.

»Wen noch?«

Jannis zuckt mit den Schultern. »Weiß nicht.«

»Du könntest noch ein paar Freunde einladen.«
»Keine Lust.«
»Ich reserviere zwei Plätze für Freunde von dir. Okay? Dir fällt schon noch jemand ein ...«

Jannis ist sauer. Seit seine Eltern sich in dem grauenvollen Streit getrennt haben, hat er seine Oma nicht mehr sehen dürfen. Einmal hat er sie getroffen, in der Stadt, aber das war wohl ein Versehen. Oma hat ihn eingeladen zu einem Kakao. Sie hat ihm erzählt, wie sehr sie ihn vermisst, und ihm ihre Telefonnummer gegeben. Jannis hat sich zuerst nicht getraut, sie anzurufen, aber den Zettel hat er aufgehoben. Er hat die Nummer sogar in sein Handy eingespeichert. Das war gut, denn die Mutter hat den Zettel mit der Handynummer gefunden. Sie hat ein schreckliches Theater gemacht, den Zettel in viele kleine Schnipsel zerrissen und weggeworfen. Und dabei über Verrat und Hinterhältigkeit und überhaupt die miese Sippe seines Vaters geschimpft.

Jannis hasst solche Szenen. Darum ruft Jannis jetzt seine Oma manchmal von der Schule aus an. Das ist natürlich auch verboten – aber immerhin merkt seine Mutter es nicht.

Jannis vermisst seine Oma. Den Vater weniger, mit dem hatte er selber viel Krach; die Oma aber schon. Wenn er doch nur seine Oma zur Konfirmation einladen könnte! Sie würde sich so darüber freuen!

Nun aber hat Jannis über das nächste Problem nachzudenken. Er soll sich noch einen Bibelspruch ausdenken zur Konfirmation. »So eine blöde Sache«, knurrt er.

Die Mutter sieht ihn von der Seite an. »Damals bei uns hat der Pfarrer einen passenden Vers ausgesucht.« Sie überlegt. »Soll ich dir einen Vers aussuchen?«

Jannis sieht sie dankbar an. Sie hat verstanden, was sein Problem ist. Der Vers soll doch ein Zuspruch für sein weiteres Leben sein. Den kann er doch nicht selber aussuchen!

Die Mutter greift sich die Bibel und blättert. Sie lässt sich von Jannis die Liste mit den Vorschlägen geben, liest und schüttelt nachdenklich den Kopf. Sie liest weiter, legt die Bibel beiseite. Vielleicht betet sie ja?

Am nächsten Morgen gibt sie Jannis einen Zettel. »2. Timotheus 1,7«, steht dort.

Jannis sieht seine Mutter an. Dann schlägt er nach. Immerhin hat er das Finden von Bibelstellen geübt im Konfirmandenunterricht.

»Gott hat uns nicht gegeben den Geist der Furcht, sondern der Kraft und der Liebe und der Besonnenheit.«

Nachdenklich sieht Jannis den Spruch an. Warum hat die Mutter gerade den für ihn gewählt? Setzt er sich nicht durch? Ist er zu furchtsam? Passt er sich zu sehr an?

Dabei sollte sie selber mal still sein. Sie hält ihn immer noch für ein Kind. Schreibt ihm ständig vor, wie er sich zu verhalten habe. Den Lehrern gegenüber. Der kleinen Schwester. Und dann natürlich Oma …

Oma. Jannis starrt auf den Bibelspruch. Natürlich. Mutti hat verboten, zu ihr Kontakt aufzunehmen. Stattdessen soll er Freunde einladen. Na prima. Als ob er Freunde hätte, die sich für die Konfirmation interessieren …

Oma, ja, die …

Plötzlich grinst Jannis. Ist Oma nicht irgendwie auch eine Freundin von ihm? Heute in der Schule wird er Oma anrufen. Er muss stehen zu dem, was er will und was er tut.

Ein paar Tage später fängt die Mutter wieder an. »Ich habe jetzt die Listen so weit fertig«, erklärt sie. »Es sind ja nur noch drei Wochen. Weißt du inzwischen, wen du von deinen Freunden einladen willst?«

Jannis nickt. Er schluckt. »Ja.«

»Wen?« Die Mutter zückt den Stift.

»Nur eine Freundin.«

Die Mutter starrt ihn an. Sie legt den Stift zur Seite.

Jannis müsste lachen, wenn er nicht so aufgeregt wäre. Mütter sind doch immer gleich.

»Deine Freundin?«

»Meine beste Freundin. Außer dir.«

Misstrauisch sieht die Mutter ihn an. »Wie heißt sie?«

»Oma.«

Die Mutter schnappt nach Luft.

Jannis hat genau nachgedacht. Aber jetzt ist die Sache doch schwieriger, als er es sich ausgemalt hat. Mit zitternder Stimme sagt er: »›Gott hat uns nicht gegeben den Geist der Furcht, sondern der Kraft und der Liebe und der Besonnenheit.‹ Das ist mein Spruch. Und Oma …«

»Womöglich auch noch deinen Vater?!«

Jannis schluckt. »Es wäre mir lieber, wenn ich mich mit ihm auch vertragen könnte. Aber das ist schwierig. Vielleicht später mal. Aber Oma, die hat mich lieb. Und ich sie. Und mit der … mit der hast du dich doch nicht so gestritten, oder?«

Die Mutter schweigt.

»Du hast mir diesen Spruch ausgesucht. Ich nehme ihn beim Wort.«

Ganz plötzlich lächelt die Mutter zaghaft. »Okay. Dann lade deine Freundin ein.«

Da springt Jannis auf und umarmt sie, so fest er kann.

»Ich selbst gehe vor dir her«

Betti hat es nicht wirklich leicht im Leben. Sie ist chronisch krank, muss ständig Diät halten. Ihre Haut ist in den Armbeugen und manchmal auch im Gesicht rot und rau und aufgesprungen.

Immer wieder spürt sie, wie Leute sie komisch angucken. Einfach mal irgendwo essen gehen – das klappt schon überhaupt nicht. Jeder Urlaub, jede Fahrt in die Jugendherberge, alles muss genau geplant werden. Viele Hotels bieten heute, wenn man es vorher abspricht, glutenfreies Essen an. Aber Betti muss nicht nur glutenfrei essen, sie verträgt auch keine Milch und keinen Fruchtzucker. Meistens bringt sie ihre eigenen Lebensmittel mit.

Zur Großtante fährt sie nicht mehr, seit die Betti einmal hat hungern lassen. Sie meinte, das Kind solle sich nicht so anstellen, es sei einfach nur verwöhnt und habe eben nie Hungerzeiten durchlitten.

Besuche, bei denen man sich von den mitgebrachten Maiswaffeln ernährt, sind sowieso irgendwie blöd.

Ja, Betti kämpft mit diversen Problemen, die andere nicht haben.

Dabei ist sie fleißig und gut in der Schule. Vokabeln kann sie schon, wenn sie sie ein paarmal angesehen hat, und in Englisch- und Französischarbeiten pflegt sie nur Einsen und Zweien zu schreiben. Zur Feier des Tages gibt die Mutter dann eine Packung Spezialkekse heraus.

Betti lernt viel für die Schule – was soll sie auch sonst tun? Schöne Kleider sehen bei ihr ohnehin fehl am Platze aus – wer geht schon bauchfrei, wenn die Haut am Bauch wund und aufgeplatzt ist? Schuhe kaufen ist auch kein Vergnügen, denn die meisten scheuern die Haut an ihren Knöcheln auf. Bei Partys platzt ihr der Kopf vor Lärm, und zu sich nehmen kann sie da ohnehin nichts. Sport bringt ihr den nächsten Schub, zumindest wenn er schnell und anstrengend ist. Schwimmen lässt ihre Augen tränen und die Haut noch mehr austrocknen. Spazieren gehen ist okay, aber auch da starren die Leute Betti an.

Lesen geht auch. Und kochen noch. Ja, mehr oder weniger gezwungen lernt Betti kochen. Wenn andere sich schnell eine Pizza in den Ofen schieben, schlägt Betti ein Kochbuch auf und macht sich ein Omelett. Nach Spezialrezept. Wenn sie einen Kuchen haben will, muss Betti ihre Mutter bitten – oder selber einen backen. Und ihr Eis rührt sie sowieso selber an.

Betti will Kinderärztin werden. Um Medizin zu studieren, muss man gut sein in der Schule und fleißig. Aber es gibt noch andere Hindernisse zu überwinden. Das Studium. Die Mensa. Dort gibt es kein Essen für Betti. Genauso wenig wie in der Schule.

Betti will trotzdem. Sie will unbedingt. Sie lernt und lernt. Sogar auf die Konfirmandenfreizeit nimmt sie nicht nur ihr Spezialessen mit, sondern auch die Lateinvokabeln.

»Streberin«, zischt Angie verächtlich. Und die anderen nicken.

»Ich will Medizin studieren«, sagt Betti. »Da muss ich gut in der Schule sein.« Ihre Armbeugen jucken. Wenn sie anderen helfen könnte bei dieser Erkrankung!

Auf Bettis Bemerkung weiß keiner so recht etwas zu sagen. Betti lernt weiter. Wenn ihr das Lernen auch leicht fällt, hat sie doch größere Widerstände zu überwinden als andere.

Manchmal meint sie, dass sie es nicht schafft. Wenn sie wieder einmal ihre gesamten Ferien in einer Kurklinik verbringt. Wenn ihre Haut juckt und platzt und sie sich danach im Spiegel ansieht. Dann meint Betti, das Leben türme sich vor ihr auf wie ein Berg, ein großer Berg, der nicht zu überwinden ist.

Im Konfirmandenunterricht sind die anderen übrigens auch nicht besser als anderswo. Betti bekommt den Spitznamen »Streuselkuchen«. Wenn sie wieder einmal fehlt, zieht nicht nur der alte Pfarrer die Augenbrauen hoch, sondern die anderen Jugendlichen kichern und lästern.

Als die Konfirmation näher rückt und die Mädchen und Jungen darüber beraten, ob sie in einheitlichem Stil gehen sollen, gibt es nicht nur Ärger, weil Hermine das Kleid ihrer älteren Schwester anziehen wird, sondern auch, weil Kim hämisch bemerkt, Betti könne doch anziehen, was sie wolle, sie sehe immer blöd aus.

Woraufhin der Pfarrer eine Spezialeinheit über Nächstenliebe einschiebt, was wiederum Betti ziemlich peinlich ist.

Die Sprüche zieht der Pfarrer aus einem großen Topf. Eine echte Losung sei das, betont er.

»Man sollte dem Ganzen nicht zu großen Wert beilegen«, sagt er. »Aber manchmal spricht Gott durch den Spruch ganz direkt zum Konfirmanden.«

Als Hermine »Torheit steckt dem Knaben im Herzen« (Sprüche 22,15a) bekommt, muss die ganze Gruppe lachen. Aber dann bekommt Kim

»Ich habe dich einen kleinen Augenblick verlassen, aber mit großer Barmherzigkeit will ich dich sammeln« (Jesaja 54,7), und zumindest einige werden etwas nachdenklich.

Betti ist von einer inneren Unruhe erfüllt, als der Pfarrer ihr einen Spruch zieht. Lange sieht er sie an. Betti befürchtet schon, nun komme etwas Entsetzliches. Etwas Lächerliches wie »Du bist meine Schöne«. Oder etwas Furchtbares wie »Im größten Leiden bin ich doch bei dir«.

Natürlich sind diese Sprüche nicht furchtbar, aber Betti mag sie nicht hören. Nicht jetzt. Überhaupt nicht.

Der Pfarrer sieht sie lange an. Dann sagt er bedächtig: »Dein Spruch, liebe Betti, steht bei Jesaja, im 45. Kapitel: ›Ich selbst gehe vor dir her und beseitige alles, was dir im Weg steht.‹«

Und Betti beißt sich auf die Lippen. Vor Freude? Vor Freude. Die Hindernisse, der ganze Ärger, ihre Probleme: Gott hat sie im Griff. Gott wird ihr helfen, sie wegzuräumen. Sie wird ihren Weg gehen können. Betti nimmt die Spruchkarte entgegen und lächelt.

Der Engel

In der Kirche, da lernt man den größten Quatsch, da ist Emma sich sicher. Dass Gott die Menschen liebt, zum Beispiel. Wie soll Gott die Menschen lieben, bei all den Entsetzlichkeiten, die die ganze Zeit über passieren?

Brüder, die im Kindergarten verhauen werden, Mütter, die auf der Straße angepöbelt werden, Väter, die prügeln? Wie soll Gott da die Menschen lieben …?

Wäre natürlich nett. Es wäre natürlich nett, einen zu haben, wenigstens einen, der einen absolut sicher liebt. Der bei einer Sechs in Englisch nicht zuschlägt, sondern tröstet. Aber das wird es wohl nicht geben.

Es gibt übrigens noch ein paar Sachen, bei denen Emma sich sicher ist, dass der Pfarrer keine Ahnung hat. Letztens hat er im Konfirmandenunterricht über Engel erzählt. Und er behauptete doch tatsächlich, dass Gott auch heute noch Engel schicke, um Menschen zu beschützen.

Okay, früher, das mag ja sein. Aber heute? So ein Quatsch! Heute muss man selber sehen, wie man durchkommt. Die Starken schaffen es, die Schwachen werden untergebuttert. So ist das. Wenn du dich nicht wehrst, weil du zu dumm oder zu schwach bist, dann wirst du niedergemacht. Das sagen alle, und das bewahrheitet sich immer wieder.

Zum Beispiel an diesem Abend. Emma ist bei ihrer Freundin Janine gewesen, noch ziemlich spät. Sie haben einen Film geguckt, dann ein bisschen Hausaufgaben gemacht und sich schließlich eine Pizza reingeschoben. Es ist spät geworden und draußen ist es dunkel.

Emma muss nach Hause, die Mutter hat schon drei SMS geschickt.

Emma will mit der Straßenbahn fahren – dann muss sie nicht so lange durch die Dunkelheit laufen. Aber bis zur Straßenbahnstation ist es auch schon ein blöder Weg: ein Fußweg zwischen dunklen Gebäuden und hier und da mit Gebüsch am Rand.

Natürlich könnte sie auf der Straße gehen; die ist immerhin beleuchtet. Aber der Weg wäre mindestens doppelt so lang.

Kurz zögert Emma, dann nimmt sie den Fußweg. Fahl steht der Mond am Himmel, in der Ferne tönt ein Martinshorn, einzelne Autos sind zu hören, irgendwo grölt ein Betrunkener.

Plötzlich hört Emma ein Geräusch hinter sich. Sind das nicht Schritte?

Emma beschleunigt ihren Gang. Gleichzeitig lauscht sie angestrengt in die Dunkelheit.

Doch, das sind Schritte. Keuchender Atem hinter ihr, der immer näher kommt.

Emma geht noch schneller. Ihre Hand steckt sie in die Tasche, umklammert damit ihr Handy.

Der hinter ihr wird ebenfalls schneller.

Emma läuft jetzt schon fast. Sie hat noch nicht einmal die Hälfte des Fußgängerwegs geschafft. Ihr Herz klopft zum Zerspringen. Sie denkt nicht groß nach. Sie hat einfach nur Angst.

Natürlich kann der hinter ihr ganz harmlos sein. Vielleicht will er nur den Bus nicht verpassen.

Und doch hat Emma Angst. Die Angst ihres Lebens. So laut hört sie das Blut in ihrem Kopf rauschen, so laut klopft ihr Herz, dass sie die Schritte hinter sich gar nicht mehr hört. Sie beginnt zu laufen.

Da fasst jemand sie von hinten am Arm. »Warum so eilig, Kleine?« Die Stimme ist laut und lallend.

Emma schreit leise auf. Der Mann dreht sie zu sich herum und hält ihr den Mund zu. »Halt die Schnauze!«, zischt er. Sein Gesicht ist leicht aufgedunsen, sein Atem stinkt furchtbar nach Alkohol.

Emma wimmert leise, als er sich an ihrer Hose zu schaffen macht. Nichts kann sie tun. Nichts. Der Pfarrer hat gelogen. Natürlich kommt kein Engel.

Emma windet sich und weint leise, der Betrunkene fingert an ihrem Hosenknopf und natürlich kommt kein Engel.

»Du bist gemein, Gott!«, ruft es in Emmas Innerem. »Du bist gemein!« Aber vielleicht gibt es Gott ja ohnehin nicht. »Wenn es dich gibt, dann schick mir doch einen deiner Engel vorbei! Los! Gleich ist es zu spät!«

Und natürlich ist es das. Der Typ hat Emmas Hose offen. Da hört man eine Stimme. »Halt! Lassen Sie das Mädel in Ruhe!«

Eine Männerstimme ist es ebenfalls, rau und mit Akzent. In diesem Moment klingt sie Emma wie holder Engelsgesang.

»Lass das Mädel!«

Jemand packt Emmas Peiniger und reißt ihn von ihr los.

Jetzt erst kann Emma sehen, wer es ist. Ein dunkler Typ, nicht gerade elegant angezogen, mit Bart und buschigen Brauen.

Er sieht Emma an. »Bist du okay?«

Emma nickt. In ihrem Hals würgen die Tränen. Sie schließt ihre Hose wieder und zieht den Pulli darüber.

»Wohin musst du?«

Emma sieht, wie ihr Peiniger herüberblickt.

»Zur Bahn.« Ihre Stimme zittert.

»Ich bring dich hin. Komm mit.« Der Fremde dreht sich kurz um. »Und wenn ich dich noch einmal erwische, dann passiert dir etwas, wo du nur noch Sternchen siehst.«

Murrend verzieht sich der Angetrunkene.

Der Fremde bringt Emma noch zur Haltestelle, wartet, bis die Bahn einfährt.

Erst als Emma einsteigen will, spricht er wieder: »Du solltest solche Wege abends nicht allein gehen. Das ist zu gefährlich.«

Emma nickt. Die Tür öffnet sich. Sie steigt ein. In der Tür dreht sie sich noch kurz um. »Danke«, sagt sie. »Danke, dass du mir geholfen hast. Wie heißt du eigentlich?«

Der Fremde lächelt unter seinen Bartstoppeln: »Angelo.« Dann dreht er sich um und geht.

Allerbeste Schwester

Heike ist Melanies Schwester. Melanies allerbeste Schwester.

Heike ist zwölf. Wenn Melanie nicht aufpasst, nimmt Heike Melanies Schulhefte auseinander. Einmal ist sie so lange auf Melanies Bett herumgesprungen, bis der Lattenrost gebrochen ist. Die Eltern haben ganz schön geschimpft und Melanie musste zwei Wochen auf der Matratze auf dem Boden übernachten.

Heike geht gerne ans Telefon, aber wenn ein Fremder anruft, wird das peinlich, denn Heike spricht nur undeutlich und duzt alle Leute.

Wenn Melanie Besuch bekommt, will Heike ihn unbedingt umarmen.

Heike ist behindert.

Manchmal ärgert sich Melanie über Heike. Wenn die etwas kaputt gemacht hat. Wenn sich wieder alles um Heike dreht statt auch einmal um Melanie. Wenn mal wieder einer nach dem anderen mit Heike zur Therapie hetzt. Oder auch, wenn die Leute so komisch hinter ihnen hergucken.

Melanie hasst das. Dabei kann Heike nun wirklich nichts dafür. Sie kann nichts dafür, dass sie so schwankend geht, nichts dafür, dass sie nicht deutlich sprechen kann. Nichts. Sie macht eine Therapie nach der anderen, alle wollen ihr ständig etwas beibringen oder an ihr herumverbessern. Melanie würde das keinen Spaß machen, wirklich nicht.

Ob es Heike Spaß macht? Schwer zu sagen.

Jedenfalls nervt Heike oft. Wenn Melanie Besuch bekommt, will sie immer dabei sein. Was wirklich ätzend ist, besonders wenn Melanie mit ihrer bF in Ruhe mal quatschen will – oder als David kommt.

David geht in Melanies Stufe und sie findet ihn einfach süß. Zum Glück kommt er in Erdkunde bei der Gruppenarbeit über Entwicklungshilfe in Melanies Gruppe, deshalb müssen sie sich ein paarmal zu Hause treffen.

Aber statt dass man dabei seine Ruhe hat, kommt Heike dazwischen, setzt sich mit ihren Ohrhörern auf einen Stuhl im selben Zimmer, starrt Melanie und David ununterbrochen an und kichert.

Nicht nur Melanie wird dadurch ganz nervös. Auch David, der immerhin netterweise nicht über Heike abgelästert hat, sieht immer wieder zu ihr hin. »Können wir die nicht raussetzen?«, fragt er schließlich.

Melanie kann Heike nicht raussetzen. Heike würde das nicht verstehen. Und vermutlich gäbe es Ärger mit der Mutter.

Also sitzen Melanie und David weiter über ihren Statistiken, und wenn sich ihre Hände aus Versehen berühren, bekommt Melanie eine Gänsehaut. Und Heike kichert.

Beim nächsten Mal treffen sich Melanie und David in der Schule, aber das ist noch furchtbarer, weil es so laut ist und sie andauernd unterbrochen werden. Darum verabreden sie sich, als sie ihre letzte Sitzung machen müssen, bei David zu Hause.

Melanie ist ziemlich aufgeregt. Immerhin ist sie zum ersten Mal bei David. Überhaupt zum ersten Mal mit einem Jungen allein bei ihm zu Hause verabredet.

Als sie vor dem Mehrfamilienhaus steht, würde sie am liebsten wieder umdrehen. Aber dann kommt eine Frau mit Kinderwagen aus dem Haus und hält ihr die Tür auf. Melanie tritt ein.

Sie geht eine Etage hoch. Da sieht sie das Klingelschild. Ein Kranz mit künstlichem Obst an der Tür, darunter noch ein Schild: »Mayer«. Das muss es sein.

Zögernd drückt sie den Klopf.

Drinnen hört man Rufe. Eine Frau öffnet. Sie sieht Melanie forschend an. »Bist du Davids neueste Freundin?«

Melanie schüttelt den Kopf. Ihr wird etwas flau. Die Frau dreht sich nach hinten um. »David!«, ruft sie. »Da ist so ein Mädchen!«

»Komme gleich!« Das ist Davids Stimme.

»Na, komm schon mal rein.« Die Frau öffnet die Tür weiter. »Ich bin Davids Mutter.« Sie lässt Melanie eintreten, schließt die Wohnungstür und verschwindet einfach wieder. Melanie lässt sie im Flur stehen.

Unbehaglich sieht die sich um.

Da tauchen zwei Kinder auf, vielleicht fünf und sieben Jahre alt. Melanie lächelt ihnen zu. Sie mag Kinder.

»Wer bist du?«, fragt der Junge.

»Ich bin Melanie. Und du?«

»Ich bin Pit. Biste eine von David seinen Tussen?«

Melanie bleibt der Mund offen stehen. In dem Moment hört man Davis Stimme. »Verzieht euch! Los, weg hier!«

Er guckt aus seinem Zimmer, sieht gut aus wie eh und je und blickt Melanie an. »Hey, da bist du. Komm rein!«

In seinem Zimmer liegen offen ein paar benutzte Kondome, außerdem ein Bild von Lotte und eines von Helen.

Melanie beißt sich auf die Lippen. So hatte sie sich das nicht gedacht.

David weist lässig auf sein ungemachtes Bett. »Dort können wir es uns gemütlich machen.«

Melanie wird es ganz flau. Eine leise Panik kriecht in ihr hoch. »Ach nein«, hört sie sich mit fremder Stimme sagen. »Ich muss jetzt weg. Hier hast du die Materialien.«

Sie drückt dem verdutzten David den Stapel Zettel in die Hand, dreht sich um, verlässt fluchtartig den Raum, die Wohnung, eilt aus dem Haus, läuft nach Hause, ohne Pause zu machen. Schließt auf, läuft wortlos an der Mutter vorbei in ihr Zimmer, wirft sich auf ihr Bett, noch in Straßenschuhen und Jacke. Und endlich, jetzt endlich kann sie weinen.

»Hast du die Hausaufgaben fertig?«, hört sie die Mutter von unten rufen. Und dann: »Was ist denn jetzt schon wieder los?«

Melanie beißt in ihre Fingerknöchel. Die Mutter fehlte ihr jetzt gerade noch.

»Mach die Hausaufgaben!«, ruft der Vater. »Und antworte deiner Mutter gefälligst, wenn sie dich etwas fragt!«

Melanie schluchzt auf. Da hört sie, wie ihre Zimmertür geht. Aber es ist nicht der Vater oder die Mutter. Es ist Heike. Sie setzt sich neben Melanie aufs Bett und streichelt sie. Streichelt sie immer wieder.

»War ein Blödmann«, sagt sie bestimmt. »War ein voller Blödmann.«

Und ganz sicher hat sie recht. Melanie weint noch ein bisschen weiter. Heult sich bei Heike aus. Heike ist die allerbeste Schwester.

So ein komischer Typ

Als Ken neu in die Klasse kommt, ist er erst einmal eine Lachnummer. Er trägt geflickte Hosen, dabei eine seltsame runde Brille und einen Scheitel.

Bevor er spricht, räuspert er sich und drückt sich dann aus wie ein Buch und nicht wie ein Mensch.

Er sagt nicht: »Hallo!« Er sagt: »Ich wünsche einen guten Tag.«

Er sagt nicht: »Was hatten wir in Mathe auf?« Er sagt: »Kann mich bitte jemand über die Mathematikhausaufgaben aufklären?«

Er macht immer die Hausaufgaben, was für einen Jungen in der achten Klasse extrem ungewöhnlich ist.

Seine Klassenkameraden nennen ihn »Professor Schlaumeier«, was er mit einem etwas gequälten Grinsen zur Kenntnis nimmt. Sie wollen nicht neben ihm sitzen und ihn erst recht nicht in der Sportmannschaft haben, zumal sich schnell herausstellt, dass Ken sportlich eine Niete ist.

Fast ebenso schnell zeigt sich jedoch, dass er

ziemlich gute Klassenarbeiten schreibt und eine leserliche Schrift hat; nach dieser Erkenntnis wird er zumindest bei den Arbeiten ein beliebter Nachbar.

Auf dem Schulhof aber steht er weiterhin allein – denn wer will sich schon damit blamieren, dass er zu Professor Schlaumeier gehört?

Als die Klasse einen Ausflug macht, ist er der Einzige, der eine Sitzbank für sich hat; und dass er bei der Klassenfete fehlt, fällt niemandem auf.

Dann bricht sich Ines ein Bein, und weil Ken in der Nähe wohnt, bringt er ihr die Hausaufgaben vorbei.

Alle anderen sind ohnehin dezent zur Seite gerutscht und haben aus dem Fenster gesehen, als der Lehrer gefragt hat, wer das machen wolle. Ken aber nickt: »Das ist nicht so weit weg. Ich bringe Ines die Hausaufgaben gerne vorbei.«

Dass Ines sich nicht besonders über die Hausaufgaben freut, ist klar. Noch viel weniger freut sie sich über Professor Schlaumeier, der bei ihr im Zimmer auftaucht und sich forschend umsieht.

»Schön hast du es hier«, sagt er schließlich. Und es hört sich geradezu ehrlich an.

»Na ja«, macht Ines. »Ist nicht sehr aufgeräumt. Und die Anlage ist uralt.«

»Aber es sieht … es sieht jugendlich aus, wenn du verstehst, was ich meine.« Ken wird rot. Schnell fügt er hinzu: »Soll ich dir die Hausaufgaben noch erklären?«

Ines schüttelt den Kopf. »Ich gucke mal, wie ich zurechtkomme.«

Ken geht. Aber am nächsten Tag bringt er ihr wieder die Hausaufgaben. Und am übernächsten auch. Dieses Mal bringt es Ines endlich über sich, ihn zu fragen, was die Aufgabe in Mathe eigentlich bedeutet. Ken erklärt es ihr. Er macht die Aufgaben mit ihr zusammen. Nach einer halben Stunde ruft er zu Hause an, dass er später kommt.

»Ist deine Mutter so penibel?«, fragt Ines erstaunt und stirnrunzelnd.

»Meine Großmutter«, verbessert Ken. »Ich lebe bei meinen Großeltern.«

»Das merkt man«, will Ines sagen, aber sie beißt sich auf die Lippen. Immerhin ist es nett von Ken, ihr zu helfen. Stattdessen fragt sie verwundert, warum Ken denn bei seinen Großeltern lebe.

»Meine Mutter war alleinerziehend. Sie ist gestorben, als ich drei Jahre alt war. Da haben mich meine Großeltern aufgenommen.«

Ines schweigt verlegen. Was soll man dazu sagen?

In den nächsten Tagen kommt Ken täglich. Bis

auf den Sonntag. Da ist er in der Kirche, wie er verlegen bemerkt.

Ines fragt nach: »Was machst du denn in der Kirche?«

»Na ja«, meint Ken. »Wir glauben eben an Gott.«

»Echt?«, rutscht es Ines heraus. »Wo doch deine Mutter tot ist? Da kannst du an Gott glauben?«

Ken sieht sie an, über seine komische Brille hinweg. »Ja«, sagt er. »Gott sagt, er nimmt sich der Witwen und Waisen an. Und das hat er getan. Er hat mir meine Großeltern gegeben, die sich so lieb um mich kümmern. Ich habe es sehr gut. Und dafür möchte ich ihm danken. Da ist es das Mindeste, dass ich sonntags in die Kirche gehe.« Dann wendet er sich wieder den Hausaufgaben zu.

Drei Wochen lang besucht er Ines täglich. Danach darf Ines wieder in die Schule, auf Krücken. Ihre Mutter fährt sie hin. Sofort ist sie von Mitschülern umringt. »Cool, dass du wieder da bist!«

»Wie geht es dir?«

»Wann darfst du wieder Sport machen?«

»Wir haben eine neue Sitzordnung. Willst du neben mir sitzen?«

Von allen Seiten wird Ines freudig begrüßt.

Ines sieht sich um. Am Schulhofrand steht Ken,

wie immer ganz allein. Gerade jetzt sieht er zu ihr herüber.

Ines winkt ihm zu. Zögernd winkt Ken zurück.

»Hey, was willst du denn von Professor Schlaumeier?«, fragt Annie verdutzt.

»Oh, ich werde mich neben ihn setzen«, erklärt Ines bestimmt. »Er ist nämlich nicht nur ein komischer Typ, sondern auch ziemlich in Ordnung.«

Das Handy ist futsch

An einem ansonsten schönen Tag im Mai ist plötzlich Kiras Handy futsch. Sie hatte es in der Hosentasche, da ist sie sich sicher. Dann musste sie nach der Schule zum Bus rennen. Und im Bus wollte sie nur mal kurz ihre SMS checken. Und da merkt sie, dass das Handy nicht mehr da ist.

Kira checkt oft die SMS. Ihre Eltern haben ihr dankenswerterweise eine Flat finanziert. Fieserweise kein Smartphone. Alle haben ein Smartphone, nur Kira nicht. Wahrscheinlich finden sich ihre Eltern einfach sparsam. Oder sie sind übervorsichtig.

Kira arbeitet schon länger daran, die Eltern umzustimmen. Und jetzt, jetzt hat sie sie beinahe so weit. Beinahe so weit, dass sie zur Konfirmation ein Smartphone bekommt. Beinahe.

Aber wenn jetzt das Handy futsch ist, ist das keine gute Argumentationsgrundlage, das ist Kira nur zu klar.

Wenn das Handy weg ist, kann sie nicht nur keine SMS checken. Sie hat auch bewiesen, dass sie auf so ein Teil nicht gut aufpassen kann. Finden vermutlich die Eltern. Und das heißt: neues Gezeter, neues Überreden, neue Verhandlungen. Blöd, so etwas.

Kira zwingt sich nachzudenken. Wo hatte sie das Handy zum letzten Mal? Vor dem Sportunterricht? In Sport, ja, da hatte sie es noch abgelegt. Auf die Fensterbank. Dorthin, wohin alle ihre Handys legen und die Armbanduhren und Ohrringe.

Nach der Sportstunde hat sie es wieder mitgenommen. Sie hatte es ziemlich eilig, weil der Meyer überzogen hatte und danach die Lateinstunde begann. Der Lateinlehrer macht immer Ärger, wenn man zu spät vom Sport kommt.

Einmal hat Stefan, ausgerechnet der stille Stefan, der bestimmt keinen Lehrer ärgert, eine Strafarbeit aufbekommen, weil er zu spät gekommen ist. Dabei hatte er dem Sportlehrer geholfen, die Bälle einzusammeln. Aber das interessierte den Hotzner natürlich überhaupt nicht.

Kira sieht sicherheitshalber noch einmal unter dem Sitz nach, in ihrem Schulrucksack, in der Jackentasche. Nichts. So ein Mist, ein blöder Mist.

»Suchst du etwas?« Der freche Rick sitzt eine Reihe hinter ihr und grinst breit.

»Wenn du mein Handy hast, dann rück es raus, du Blödmann!«, zischt Kira.

»Was interessiert mich dein lausiges Handy?«

Na, wahrscheinlich interessiert es ihn wirklich nicht. Natürlich hat er ein Smartphone, das braucht man wohl nicht zu erwähnen.

Kira starrt aus dem Fenster. Häuser rauschen an ihr vorbei, Leute, Leute mit Handys, Leute mit Smartphones. Es wird Ärger geben. Ärger ohne Ende.

Der Bus hält an Kiras Haltestelle an. Missmutig schnappt sie sich ihren Schulrucksack und stapft an Rick vorbei zur Tür.

»Ach, übrigens«, sagt Rick so nebenbei. »Ich habe gesehen, wie Stefan dein Handy eingesteckt hat.«

»Echt?«

Rick zuckt mit den Schultern. »Ich dachte, es interessiert dich.«

Stefan wohnt was weiß Kira wo, jedenfalls fährt er nicht mit Kiras Bus. Wenn er wirklich Kiras Handy eingesteckt hat, ist er ein Dieb. Ein abscheulicher kleiner Dieb.

Wie konnte er das nur tun? Kira schnauft, während sie die Straße entlangeilt. Sie hätte nicht gedacht, dass Stefan so etwas tut. Er wirkt sonst eher ruhig und zuverlässig. Ein bisschen zu ruhig und zuverlässig vielleicht.

Kira schließt die Haustür auf, nimmt den Aufzug und ist kurz darauf in der Wohnung. Ihr Bruder Moritz ist schon da, er macht sich gerade Essen in der Mikrowelle.

»Alles klar?«, fragt Kira.

Moritz brummt nur. Er ist noch nie sehr gesprächig gewesen. Er fragt noch nicht einmal, ob bei Kira alles klar sei. Aber Kira wüsste ohnehin nicht, was sie ihm genau jetzt antworten sollte. Natürlich ist kein bisschen alles klar.

Moritz dreht sich zu Kira um. »Dein Freund hat angerufen.« Sein lauernder Gesichtsausdruck zeigt Kira, dass er sie mit dieser Aussage testen will.

»Haha«, macht Kira gelangweilt.

»Dieser Stefan«, fügt Moritz hinzu.

»Stefan hat angerufen?« Mist, jetzt merkt Moritz, dass sie das Thema interessiert.

»Ich hab ihm gesagt, dass du zurückrufst. Er sagt, du kennst die Nummer.«

Kira starrt in Moritz' breit grinsendes Gesicht. Na prima. Der hat gut lästern. Aber natürlich kennt sie die Nummer. Es ist ja ihre eigene.

Kira wirft Moritz einen vernichtenden Blick zu, schnappt sich das Telefon und verzieht sich damit in ihr Zimmer.

Es ist übrigens nicht zu glauben, wie schlecht man seine eigene Handynummer weiß! Kira muss richtig nachdenken, bis sie sie endlich eingetippt hat.

Sie muss nur einmal klingeln lassen, da geht Stefan schon dran. Kira will ihn anpflaumen, dass ihm Hören und Sehen vergeht.

»Kira?«, sagt Stefan. Seine Stimme klingt durch den Hörer ganz fremd.

»Sieht so aus«, knurrt Kira. »Hast du mein Handy?«

»Der Meyer wollte es beim Hausmeister abgeben, wo es nur die Eltern wieder abholen können«, berichtet Stefan verlegen. »Da dachte ich, es ist dir lieber, ich nehme es mit. Ich kann es dir morgen vor der ersten Stunde wiedergeben, wenn das für dich okay ist.«

Beide schweigen. Peinlich, das Ganze.

»Ich kann es nicht bringen. Ich muss auf meine kleinen Geschwister aufpassen.«

»Ist schon gut.«

Stefan schweigt. »Bis morgen dann.«

Missmutig beendet Kira das Gespräch. Natürlich muss Stefan das Handy nicht bringen. Und wenn er von allein angerufen hat, hat er es wohl auch nicht klauen wollen. Trotzdem …

Langsam geht sie in die Küche zurück.

Moritz blättert in einer Zeitschrift und isst gleichzeitig. »Und?« Er sieht kaum auf.

Kira zuckt mit den Schultern. Dann holt sie ihre Mikrowellenschüssel aus dem Kühlschrank und macht sich ebenfalls das Essen warm.

Das Telefon klingelt.

Rick ist dran. Der freche Rick. Der nervige Rick aus dem Bus. »Hi«, sagt er lässig. »Und? Hab ich recht gehabt? Hat der kleine Dieb dein Handy einkassiert?«

»Geht dich gar nichts an!«, faucht Kira und legt auf.

Dann ruft sie noch mal Stefan an. »Hör mal, wo wohnst du eigentlich?«

»In Gersdorf.«

»Okay. Ich komme mit dem Fahrrad. In einer halben Stunde bin ich da.«

Sie gibt Stefan keine Gelegenheit zu antworten, ruft Moritz nur zu, sie sei weg, und macht sich auf den Weg.

Gersdorf liegt ein paar Kilometer entfernt. Es ist ein winziges Kaff. Vier oder fünf Häuser, ein paar Pferde, Kinder, die auf der Straße spielen. Ein großer Junge spielt mit ein paar Kleinen Fangen. Es ist Stefan.

Kira bremst, dass die Reifen quietschen.

Stefan sieht auf. Er hat ein Kleinkind auf dem Arm, ein anderes läuft gerade zu ihm hin.

»Du?« Stefan kriegt ein knallrotes Gesicht.

Kira nickt. Rick würde das nie machen, Moritz auch nicht: mit den Kindern spielen. Wahrscheinlich schämt sich Stefan.

»Wolltest du dein Handy holen?«

Kira steigt vom Rad. »Das auch. Aber erst einmal: Darf ich mitspielen?«

Das Kätzchen

Ronja hat keine Geschwister, zum Glück, denn die machen nur Ärger. Das weiß sie von den Mädels aus ihrer Clique. Jüngere Brüder machen einem immer alles kaputt. Jüngere Schwestern leihen sich, ohne zu fragen, das Schminkzeug aus. Von älteren Geschwistern kann man direkt schweigen. Die haben entweder Liebeskummer oder fahren das Auto der Eltern zu Schrott – ganz abgesehen davon, dass Geschwister grundsätzlich bevorzugt werden, einem das bisschen Zeit klauen, das Eltern und Großeltern haben, und im Übrigen die besseren Geschenke bekommen. Immer und grundsätzlich.

Nein, Ronja ist froh, dass sie die vorhandenen Ressourcen mit niemandem teilen muss. Von ihrem Geld muss sie nur sich etwas kaufen, ihre Zeit muss sie niemandem abgeben, ihr Zimmer mit niemandem teilen. So ist das.

Bis Ronja das Kätzchen findet.

Das heißt: Sie findet es eigentlich gar nicht allein. Sie ist mit Melle zusammen unterwegs, nach der Schule noch. Es dauert ohnehin Ewigkeiten, bis Ronjas Eltern nach Hause kommen. Und bei Melle zu Hause ist es im Moment so ungemütlich, dass die ebenfalls lieber herumstreift, als heimzukehren.

Erst klappern die beiden ein paar Läden ab. Dann holen sie sich ein Eis, Melle mit einer Kugel, Ronja mit vier Kugeln. Damit setzen sie sich auf ein Mäuerchen und quatschen.

Mit Melle kann man ganz gut quatschen. Nacheinander nehmen die beiden sich die Lehrer vor, dann ein paar Mitschüler. Doch wie sie gerade über Ben und Mirko herziehen, sehen sie den neuen Referendar vorbeikommen.

»Lass uns von hier abhauen!«, meint Melle. »Nicht, dass der sieht, wie wir hier hocken und lästern!«

Die beiden Mädchen stehen auf und schlendern möglichst cool weiter, über die kleine Brücke, dann die Gasse hinauf. Hier stehen noch alte Häuser mit winzigen Vorgärten und Treppen, die zum Hauseingang führen.

Alte Bäume lassen ihre Zweige über die Mauern winken. Fast andächtig bleiben die Mädchen stehen. Hier zwitschern sogar ein paar Vögel, von fern hört man das Brummen der Autos, quietschende Bremsen, Lachen, einen Straßenmusiker.

Aber man hört noch etwas anderes: ein Fauchen, ein verzweifeltes Schreien, Scheppern.

Ronja sieht auf, blickt sich um. Was ist los?

Da kommt ein Kätzchen die Gasse heruntergestürzt, eine lange Reihe von scheppernden Blechbüchsen hinter sich herziehend. Oben am Ende der Gasse aber stehen zwei Kinder und lachen.

Ohne lange zu überlegen, stellt sich Ronja dem Kätzchen in den Weg.

Das faucht, macht einen Buckel, will Ronja umrunden, aber da hat Melle schon zugegriffen. Kopfschüttelnd hält sie das sich wild sträubende Tier im Arm.

»Mach mal die Kordel von ihrem Schwanz ab!«, fordert sie Ronja auf. Dabei hält sie das Kätzchen gut fest.

Ronja beginnt zu knoten. »Kennst du dich mit Katzen aus?«, fragt sie Melle.

Die nickt. »Meine Oma hatte immer welche.« Sie schweigt einen Moment. »Jetzt ist sie tot.«

Schweigend knotet Ronja weiter. Endlich hat sie die Kordel ab. Vorsichtig streichelt sie das Kätzchen, das inzwischen gar nicht mehr so wild tut. »Was machen wir jetzt?«

Melle weist die Gasse hoch. »Da oben sind die Kids, die das getan haben. Die knöpfe ich mir jetzt vor.«

Energischen Schritts marschiert sie los, Ronja etwas zögernd hinterher.

Zwei Kinder im Grundschulalter sehen den beiden frech entgegen.

»Was fällt euch ein, die Katze so zu erschrecken?!«, schnauzt Melle sie an.

»Geht euch nichts an«, erklärt der Junge. »Es ist unsere Katze. Mit der können wir machen, was wir wollen!«

»O nein!«, kommt Ronja der Klassenkameradin zu Hilfe. »Der Tierschutz ist im Grundgesetz verankert. Für Katzenquälerei kann man in den Knast kommen!«

»Oder die Katze weggenommen bekommen!«, fügt Melle hinzu.

»Uns egal«, erklärt das Mädchen ungerührt. »Wir haben genügend. Und sie bekommen ständig Junge.«

»Wie wäre es mal mit Kastrieren?«, fragt Melle böse.

»Was ist denn hier los?« Durch eine Gartenpforte kommt eine ältere Frau in Schürze. Ihre Mundwinkel sind verkniffen, ihre Augen blicken stechend, als sie nacheinander Melle, Ronja und die beiden Kinder mustert.

»Diese Kinder haben die kleine Katze hier gequält«, empört sich Melle.

»Das dürfen sie nicht«, sagt die Frau gleichgültig.

»Wenn die Katze jetzt unter ein Auto gekommen wäre!«, sagt Ronja entrüstet.

Die Frau zuckt mit den Schultern. »Wir haben so viele. Katzen werden nun einmal überfahren. So ist das Leben.« Sie dreht sich zum Gehen.

»Sorgen Sie doch bitte dafür, dass so etwas nicht mehr passiert!«, bittet Ronja sie eindringlich. Sie weiß selber nicht, wie es kommt – aber sie muss doch hier etwas tun, oder? Sie kann doch die kleine Katze nicht einfach ihrem Schicksal überlassen!

»Ich schenke sie euch, die Katze«, erklärt die Frau. »Dann könnt ihr dafür sorgen. Ich brauche sie nicht.« Sie fasst die Kinder an den Händen und geht.

Verdutzt sehen die Mädchen sich an. Melle streichelt die kleine Katze. »Na prima. Die dürfen wir jetzt also im Tierheim abgeben. Oder bei der Polizei.«

»Wieso das denn?«

»Na, ich kann sie nicht nehmen. Meine Mutter erlaubt das nie und nimmer. Wir haben keinen Platz für ein Tier. Außerdem ist es teuer. Du musst Futter bezahlen und die Versicherung und ab und zu muss man auch mal zum Tierarzt. Womöglich ist sie noch nicht einmal kastriert. Sie braucht einen Kratzbaum oder so etwas, dann am besten noch Spielzeug. Nee du, das ist bei uns nicht drin.«

»Aber wir können sie doch nicht ins Heim bringen! Das ist doch total schrecklich!«

»Dann nimm du sie eben …«

»Ich?« Ronja steht etwas fassungslos da mit der Katze, die Melle ihr gerade umstandslos in die Arme gelegt hat.

Und obwohl Ronja noch nie eine Katze gehalten hat, obwohl sie eigentlich gar nicht weiß, wie das geht, kuschelt sich die kleine Katze an sie, reibt ihr Gesicht an Ronjas Hals und schnurrt.

»Siehst du, sie mag dich«, stellt Melle grinsend fest. »Ach du Schreck, langsam muss ich aber weg. Sonst bekomme ich Ärger zu Hause.«

Und dann steht Ronja allein mit der Katze da. Sie fährt mit dem Bus nach Hause und versteckt dabei die Katze unter ihrer Jacke.

Fast ist sie froh, als die Mutter wider Erwarten schon da ist.

Sie hat gekocht und sieht ein wenig gestresst aus, aber sie lächelt Ronja freundlich zu. »Da bist du ja endlich, mein Schatz! Bist du aufgehalten worden?«

Ohne ein Wort holt Ronja die Katze unter ihrer

Jacke hervor. Die miaut und sieht sich mit wachen Blicken um.

»O wie süß!« Die Mutter streichelt das Kätzchen vorsichtig. »Wem gehört sie?«

»Mir«, sagt Ronja unsicher. »Wenn ich sie behalten darf.«

Kopfschüttelnd hört die Mutter Ronja zu, als die ihr das Erlebnis berichtet.

Wie es weitergeht? Die Eltern beraten miteinander. Und dann kommen sie zu folgendem Ergebnis: Ronja darf die Katze behalten, wenn sie Futter und Spielzeug bezahlt. Ronja hat genug Taschengeld dafür, dicke genug. Aber sie wird sich einschränken müssen.

Ob Ronja das tut? Sie denkt noch nach. Aber dabei krault sie die kleine Katze ganz fürsorglich und liebevoll.

Wenn man jemanden liebt, muss man verzichten können. Ich denke, Ronja wird die Katze behalten.

Oma

Oma ist komisch geworden.

Früher, ja, da war sie anders. Oma war eine wunderbare Oma. Sie ist mit Laura shoppen gegangen, ganz allein. Sie hat pinkfarbene Sweatshirts anprobiert mit einem grünen Frosch darauf und gesagt: »Steht mir das nicht ausgezeichnet, mein Fräulein?«

Sie ist mit Laura ins Café gegangen und hat dort auf Italienisch mit dem Kellner gesprochen. So schnell, dass kein anderer Mensch ein Wort verstehen konnte.

Als Laura in der Schule stricken lernen sollte und sich ihre Finger dabei immer so furchtbar verknotet haben, hat Oma ein ganzes Wochenende lang mit ihr geübt, bis sie es konnte.

Und als Mama ins Krankenhaus musste, ist Oma zu Laura, ihrem Vater und ihrem Bruder nach Hause gezogen. Sie hat den Haushalt geführt und mit den Kindern Schulaufgaben gemacht. Oma war immer prima.

Als Laura dann zum ersten Mal verliebt war – das war im dritten Schuljahr. Der Junge hieß Sven und trug immer kurze Hosen, was Laura unheimlich süß fand. »Das ist doch viel zu früh«, erklärte die Mutter barsch, als Laura überlegte, ob sie Sven wohl einen Verlobungsring am Automaten ziehen sollte. Und Laura sprach mit ihr nicht mehr darüber.

Aber Oma, die hörte zu. Sie überlegte mit Laura, ob Sven wohl ein guter Ehemann würde und ob es nicht besser sei, noch ein bisschen zu warten, um herauszubekommen, ob er sich einen Kratzebart stehen lassen würde oder nicht. Dabei trank sie Kaffee mit Laura. Sie hatte sogar extra für sie Kinderkaffee angeschafft. Oma war immer Lauras beste Freundin.

In den letzten Jahren ist das anders geworden. Oma wurde irgendwie hektischer. Manchmal sah sie ganz unglücklich aus. Einmal hat sie Lauras Geburtstag vergessen.

»Jeder kann mal etwas vergessen«, sagte Lauras Vater.

Aber Laura wurde misstrauisch. In Omas Kühlschrank fand sie nicht nur verschimmelte Paprika, sondern auch eine Zahnbürste.

Oma zog denselben Pulli immer wieder an. Ihre Handschuhe waren weg, weil sie sie in den Postkasten gesteckt hatte. Und dann stand sie an der Straßenbahnhaltestelle und sprach alle Leute an, weil sie dachte, sie sei mit ihrem Vater verabredet. Der Uropa ist aber schon seit vielen Jahren tot.

Als ein Nachbar sie schließlich heimbrachte, da fiel endlich auch den Eltern auf, dass etwas nicht stimmte. Das heißt: Vielleicht war es ihnen schon vorher aufgefallen, sie hatten nur die Augen verschlossen vor dem, was sie eigentlich sahen und wussten.

Es ist beängstigend, wie oft Erwachsene das tun. Sie tun einfach so, als gebe es die unangenehmen Dinge nicht – wie ein kleines Kind, das sich die Augen zuhält und dann meint, es habe sich wunderbar versteckt, weil es selber nichts mehr sieht. Und wenn sie dann die Augen aufmachen müssen, gezwungenermaßen meistens, dann verzweifeln sie oder stürzen sich in blindwütige Aktionen.

Lauras Eltern taten beides. Abends verzweifelten sie, tagsüber stürzten sie sich in Aktionen.

Die erste Aktion war ein Arztbesuch mit Oma.

Eigentlich sollte Laura nicht mit. Eigentlich wollte Laura auch gar nicht mit. Aber dann fing Oma an, ein grauenvolles Theater anzustellen, wie ein kleines Kind. Sie schrie und tobte, sie sei völlig gesund und alle wollten sie einsperren.

Laura nahm Oma in den Arm und versprach

ihr, sie nie, nie einzusperren. Da erklärte Oma, sie gehe mit, wenn Laura bei ihr sei. Und so kam Laura mit.

Der Arzt unterhielt sich mit Oma und dann machte er so einen Test mit ihr. Sie musste Fragen beantworten, so simple wie nach dem Datum oder ihrem Namen, und ganz schwierige, die Laura nicht gewusst hätte, nach ehemaligen Präsidenten und so. Oma konnte die schwierigsten Sachen. Aber dann wusste sie das Jahr nicht, was wir gerade haben.

Das Ganze endete damit, dass der Arzt sich mit der Mutter allein unterhielt, während Laura mit Oma im Wartezimmer hockte und Kreuzworträtsel löste. Was Oma unvergleichlich gut konnte.

Die Mutter kam erst nach ewig langer Zeit heraus und sah dermaßen trübsinnig drein, dass Laura sie schnell einmal drücken musste. »So schlimm?«, fragte sie, denn auch Mütter brauchen mal Trost.

Ja, und dann ging es los. Ein Familienrat wurde einberufen, mit den Eltern und Tante Rosa, die auch noch Omas Tochter ist.

Laura war natürlich wieder nicht dabei, aber es ging ziemlich heftig her, das konnte man trotz geschlossener Türen und eingeschalteter Musik gut hören.

Nach mehr als einer Stunde wurde plötzlich die Tür aufgerissen. Lauras Vater sah heraus. »Laura!«, rief er. »Komm doch mal her!«

Und Laura kam. Da saßen sie und sahen sich an. Und dann erklärten sie Laura, dass Tante Rosa die Oma unmöglich nehmen könne, weil sie sich noch nie gut mit ihr verstanden habe. »Das wäre eine Qual für alle«, sagte sie.

Wahrscheinlich hatte sie recht.

Aber dann erklärte Lauras Mutter, dass sie die Oma auch nicht nehmen könne. Weil sie ihren Beruf nicht aufgeben wolle. Weil sie den brauche. Womit sie vielleicht auch recht hatte.

»Aber Oma kann nicht mehr allein leben«, erklärte der Vater und beugte sich vor. »Das heißt …« Er verstummte.

Laura sprang auf. »Wollt ihr sie in ein Heim stecken?«

Die Erwachsenen schwiegen.

»Ich habe ihr versprochen, dass sie nicht eingesperrt wird.«

»In einem Heim ist sie nicht eingesperrt. Ein Heim ist kein Gefängnis.«

»Aber für Oma ist es das Gleiche!«

Laura suchte den Blick ihrer Mutter und sah, dass die genauso unglücklich mit der Entscheidung war wie ihre Tochter.

»Mutti! Das könnt ihr nicht machen!« Sie stampfte mit dem Fuß auf wie ein kleines Mädchen, aber das war ihr jetzt vollkommen egal. »Das könnt ihr nicht machen! Sonst sperre ich euch später auch in Heime. Aber in verschiedene, damit ihr mehr Spaß habt!«

Die Eltern starrten sie an wie ein bösartiges kleines Insekt, das gerade gedroht hatte zu stechen.

Aber Laura war wütend und verzweifelt zugleich. »Oma kann nichts dafür, dass sie so geworden ist!«, fauchte sie.

Der Vater schickte Laura aus dem Zimmer.

Laura ging. In der Tür drehte sie sich noch einmal um. Die Erwachsenen saßen mit betretenen Gesichtern um den Tisch.

»Geh«, sagte der Vater müde.

Laura ging. Eine Weile stand sie unschlüssig im Flur. Ihr Blick fiel auf das Kruzifix, das an der Wand hing. Oma hatte es mal mitgebracht, aus Südamerika.

»Jesus am Kreuz sieht auch nicht glücklich aus«, dachte Laura.

Oma würde beten. Ja klar. Oma hatte viel gebetet. Jetzt noch tat sie es oft. Sie faltete vor dem Essen die Hände und sprach so ein Tischgebet für Kinder: »Jedes Tierlein hat sein Essen, jedes Blümlein trinkt von dir, hast auch meiner nicht vergessen …«

Na toll! »Hast auch meiner nicht vergessen …« Sollte Gott doch mal zeigen, dass er Oma nicht vergessen hatte. Sollte er es doch zeigen! Laura selber konnte nicht viel machen.

Laura faltete die Hände und begann, leise zu sprechen: »Du, Jesus, wenn das stimmt, dass du keinen vergisst, wenn das stimmt, dass du dich also auch um mich sorgst oder um Oma, dann tu etwas! Hilf uns, dass wir einen guten Plan für Oma finden. Viel Zeit ist nicht mehr!« Herausfordernd sah sie das Kruzifix an.

Aber der hölzerne Jesus hing da mit gesenktem Kopf, das Gesicht schmerzverzogen, und antwortete nicht.

Laura schnaubte durch die Nase. Das war wohl nichts. Sie ging in die Küche und goss sich ein Glas Saft ein. Auf dem Tisch lag die Zeitung. Lustlos blätterte Laura darin herum. Wirtschaftsdaten, Sport, das Wetter. Was bedeutete das alles schon, wenn man Probleme hatte wie Laura gerade?

Am Schluss kam der Lokalteil. Eine Theateraufführung der örtlichen Grundschule, ein Junge, der einen Physikwettbewerb gewonnen hatte, eine Frau, die ein Buch über ihre unglückliche Jugend geschrieben hatte. Ein Altenwohnheim, das eröffnet wurde.

Ein Altenwohnheim …

Laura sah sich den Artikel genauer an. Ein Wohnheim mit einer Wohngruppe für Demenzkranke. Dort würden die Menschen angeregt, stand da. Es gab einen Garten, in dem sie arbeiten könnten. Tiere. Es würde gesungen und gespielt. Und es war direkt um die Ecke. Laura könnte nach der Schule vorbeigehen oder Mutti nach der Arbeit …

Laura stand da, die Zeitung in der Hand. Die Zeitung zitterte.

»Mutti!«, rief Laura mit erstickter Stimme. »Mutti!«

Ihre Mutter stürzte in die Küche. »Was ist, mein Kind?«

Wortlos drückte Laura ihr den Artikel in die Hand.

Oma ist komisch geworden. Sehr komisch. Und sie erkennt Laura oft nicht mehr. »Dieses Mädchen«, sagt sie und lächelt selber wie ein kleines Mädchen, »dieses Mädchen ist meine Freundin. Sie besucht mich immer.«

Oma lebt nun in einer Wohngruppe, gar nicht weit weg von Lauras Familie. Sie weiß nicht mehr, dass ihr Vater schon lange tot ist. Aber sie kennt das ganze Einmaleins bis zwanzig. Sie geht mit Laura in den Garten und weiß bei jeder einzelnen Blume, wie sie heißt.

Oma ist komisch. Aber Laura, die liebt sie. Und Gott, der erhört vielleicht doch Gebete.

Ein Gerechter fällt siebenmal

Seit einem halben Jahr ist Lea mit Jonas zusammen. Jonas kann total süß sein. Wenn er Lea so angrinst und den Kopf dabei etwas zur Seite neigt, wenn er sie küsst, erst auf die Nase, dann auf den Mund, wenn er ihr sagt, dass sie das süßeste Mädchen der Schule sei.

Damals, als sie schließlich zusammengekommen sind, auf diesem Ausflug des Erdkundekurses, da hat er ihr sogar eine Blume geschenkt. Ein selbst gepflücktes Gänseblümchen. Doch, Jonas kann total süß sein.

Heute allerdings findet Lea ihn alles andere als süß. Er hat sich ihr Biobuch ausgeliehen für einen Vortrag, den er im oben erwähnten Erdkundekurs halten muss, und ihr heftigst versprochen, das Buch heute rechtzeitig vor der Biostunde vorbeizubringen.

Von Jonas gibt es vor der Biostunde keine Spur und von dem Buch natürlich auch nicht. Und wenn nicht Saskia zufällig ihr Buch dabeigehabt hätte, obwohl sie gar nicht an der Reihe ist, hätten sie beide, Lea und Saskia, richtig Ärger mit dem

Keilmann bekommen. Der Keilmann legt Wert auf Ordnung.

Lea schaltet verbotenerweise ihr Handy ein – der Keilmann merkt natürlich nichts, Lehrer merken so etwas meistens nicht – und sieht nach einer Nachricht von Jonas, aber er hat auch keine Nachricht geschrieben. Er ist einfach nicht da.

Eine Weile lang denkt Lea, er sei vielleicht krank, aber als sie sich in der großen Pause auf die Suche nach ihm macht, steht Jonas mit ein paar Jungen an den Steinbänken.

Er steht da und blödelt mit den anderen herum, als hätte er nicht eben Lea sitzen lassen mit ihrem Problem und ohne Biobuch. Jedenfalls ist er nicht verunglückt oder krank, sondern einfach nur unzuverlässig. Wahrscheinlich ist ihm Lea egal.

Sie marschiert wütend auf ihn zu.

Ganz kurz nur blitzt ein kleines Lächeln in Jonas' Augenwinkeln auf, das aber sofort wieder verschwindet, als Lea spitz erklärt: »Ich hoffe, du hast gut geschlafen heute Nacht auf meinem Biobuch.«

Ehe Jonas etwas antworten kann, dreht sich Lea um und stolziert davon. Soll der Typ doch sehen, wohin er kommt! Soll er sich doch eine andere Dumme anlachen! Lea steht jedenfalls nicht mehr zur Verfügung.

In den nächsten Stunden geht es Lea nicht gut.

Sie ist so furchtbar enttäuscht von Jonas. Wie konnte er sich nur so benehmen! Wie konnte er nur so egoistisch sein und so unmöglich! Nie wieder wird sie ihm vertrauen können. Überhaupt will sie nichts mehr mit ihm zu tun haben!

Und das teilt sie ihm auch mit. Per SMS. Das kann er dann lesen, wenn er verbotenerweise sein Handy anmacht – wie Lea – oder später zu Hause. Das hat er nun davon.

Lea schleppt sich durch die Schulstunden und fährt danach mit dem Bus nach Hause.

»Jonas hat angerufen«, berichtet die Mutter beiläufig, während sie ihr den Teller füllt.

»Ist mir egal«, faucht Lea.

»Oh.« Die Mutter sieht sie forschend an, sagt aber nichts.

Lea isst, würgt das Essen hinunter, verzieht sich anschließend in ihr Zimmer. Also ist es aus mit Jonas. Na, er hat es sich selber zuzuschreiben. Noch nicht einmal entschuldigt hat er sich. Er ist unmöglich, das ist er immer gewesen. Unmöglich und egoistisch.

Wütend knallt Lea ihre Schulbücher auf den Schreibtisch. Hausaufgaben sind auch nicht dazu angetan, die allgemeine Laune zu verbessern.

Bei ihrer schwungvollen Aktion fällt alles Mögliche hinunter: ein paar Comics, ein paar Bücher, der kleine Teddy von Jonas. Lea schimpft vor sich hin. Das hat ihr gerade noch gefehlt.

Sie wirft den Teddy mit Schwung in eine Ecke und hebt die Bücher auf. Die Bibel hat sich aufgeschlagen. Die Spruchkarte, die Lea einst als Lesezeichen hineingelegt hat, zeigt zwei Pinguine auf einer Eisscholle, einer liegt auf dem Bauch. Darunter steht ein Vers aus Sprüche 24,16: »Ein Gerechter fällt siebenmal und steht wieder auf.«

Trotz ihrer schlechten Laune muss Lea grinsen. Die beiden Pinguine sehen zu komisch aus. Und überhaupt haben sie natürlich recht. Jeder kann mal Fehler machen. Und Gott verzeiht uns unsere Fehler, wenn wir ihn darum bitten.

Nur Jonas, der hätte sich ja wenigstens entschuldigen können. Lea hält die Karte in der Hand. Ihr selber fällt das Sichentschuldigen auch manchmal schwer. Ob sie Jonas noch eine SMS schreiben soll?

Das Handy gibt Laut. Zögernd legt Lea die Karte auf den Schreibtisch, legt den Bücherstapel ab und greift nach dem Handy. Von Jonas. »xcuse«, steht da. »Darf ich dir das Buch vorbeibringen? Hdgdl.«

Lea überlegt nur kurz. »Komm.«

Im nächsten Moment öffnet sich die Zimmertür. Missmutig dreht sich Lea um. Die Mutter hat ihr jetzt gerade noch gefehlt …

Aber da steht Jonas. Mit etwas verlegenem Grinsen, in der Hand Leas Biobuch und eine Tafel von ihrer Lieblingsschokolade.

»Tut mir leid«, nuschelt er. »Bei uns war ziemlich viel los in der Nacht. Meine Tante hat ein Baby bekommen, meine Mutter hat sie nachts in die Klinik gebracht, meine kleine Schwester konnte nicht mehr einschlafen und wir haben alle heute Morgen verschlafen. Ich bin gerade noch rechtzeitig zur ersten Stunde gekommen und hatte dein Buch komplett vergessen.« Etwas unsicher sieht er Lea an.

Lea tritt auf ihn zu. »Ein Gerechter fällt siebenmal und steht wieder auf«, sagt sie und nimmt ihm Buch und Schokolade aus der Hand. Dann küsst sie ihn.

Drachenkämpfe

Mark liebt es, Monster zu bekämpfen. Tag für Tag, Stunde um Stunde kann er vor dem Rechner verbringen.

Und er ist gut. Hoch konzentriert sitzt er da, fixiert den Bildschirm, seine rechte Hand liegt auf der Computermaus.

Bestimmt zehnmal hat er schon die Welt gerettet, Hunderte von Monstern besiegt, Tausende von Kämpfen bestanden.

Seine Charaktere steigen innerhalb kurzer Frist in die höchsten Levels auf. Wenn er einen Kampf einer ganzen Gruppe gegen ein Monster führt, dann ist der detailgenau durchgeplant, die Aufgaben sind genauestens verteilt. Mark ist ein Profi, ein Computerspielprofi. Ihm macht so schnell keiner was vor.

Natürlich muss man dafür auch gewisse Opfer bringen. Die Abende, manchmal die Nachmittage verbringt Mark vor dem Rechner. Die Wochenenden ohnehin. Zum Geburtstag und zu Weihnachten wünscht er sich Computerausrüstung. Eine Gamer-Maus, eine neue Grafikkarte.

Der Konfirmandenunterricht hat ihn in diese neue Gruppe gebracht – doch außerhalb der Gruppenstunden hat er mit den Jungs und Mädchen nichts zu tun. Obwohl auch da nette Typen dabei sind.

Der Pastor erzählt die meiste Zeit. Über die Bibel, die so ungemein wichtig ist. Dabei gibt es kaum Langweiligeres als diese alten Propheten, die vor Urzeiten herumgelaufen sind mit langen, weißen Gewändern und den Leuten was erzählt haben. Sentimentales Geschwätz, das höchstens für Alte und Weiber interessant ist. Findet Mark.

Jemand, der Monster killt, jemand, der hart und konsequent seine Ziele verfolgt, so jemand kann mit den uralten Storys nun wirklich nichts anfangen. Findet Mark.

Und er brütet im Konfirmandenunterricht einen Plan aus, wie man durch das Labyrinth der Kristalldrachen kommen und den Schatz heben kann.

»Mark? Was sagst du dazu?«

Mark schreckt aus seinen Gedanken auf. Dieser Pastor hat wahrscheinlich mal wieder irgendein langweiliges Zeug erzählt. Über Luther geht es wohl im Moment. Oder war es doch Bach? Mark gähnt möglichst deutlich.

»Worüber hast du gerade nachgedacht?«

»Über Drachen«, sagt Mark dreist.

Der Pfarrer nickt überrascht und mit Anerkennung. »Hervorragend. Du hast es hervorragend getroffen.«

Mark kneift die Augen zusammen. Will der Mann ihn verulken?

Aber nein, der Pfarrer spricht schon weiter. »Trutz dem alten Drachen!«, deklamiert er mit dramatischer Stimme. »Genau dieses Bild wurde früher gerne verwendet. Wir alle sind ständig Drachenkämpfer. Der alte Drache, der Teufel, will unsere Seelen. In uns drin, wo wir am schwächsten sind, greift er uns an. Und wenn wir dann nicht genau im richtigen Moment zur Stelle sind und kämpfen, dann haben wir schon verloren.«

Mark starrt den Mann an. Fast hat er das Gefühl, im falschen Film zu sein. Was erzählt der Pastor da plötzlich über Drachenkämpfe, über Schwachpunkte und Angriffe?

»Man braucht eine anständige Waffe«, platzt es aus ihm heraus. »Eine Strategie. Und am besten noch eine Rüstung. Eine magische Rüstung, die nicht so stark belastet.«

Eifrig will er fortfahren, aber der Pfarrer spricht schon wieder. »Dies ist der härteste Kampf, den wir alle zu bestehen haben. Unsere Rüstung ist das Gebet. Der Schild ist der Glaube, und das

Schwert ist der Heilige Geist. Paulus schreibt das im Epheserbrief.«

Gebet? Glaube? Heiliger Geist als Schwert? Ein bisschen schräg das Ganze, findet Mark, aber wenn es funktioniert … »Aber die Strategie«, fällt er dem Pfarrer ins Wort. »Was für eine Strategie ist die beste? In welchem Terrain lauert der Drache denn?«

»Das ist gerade das Tückische«, sagt der alte Herr. »Er kann überall lauern. Überall und in jedem Moment. Und wenn du überhaupt nicht mit ihm rechnest, dann entdeckt er einen Schwachpunkt bei dir und greift an. Aus dem Hinterhalt.« Er schweigt erschöpft.

»Das bedeutet ständige Wachsamkeit«, bemerkt Mark. »Ständige Wachsamkeit. Nie schlafen, immer aufmerksam sein. Die Umgebung beobachten. Immer.« Er überlegt. »Und dann braucht man Freunde. Freunde, mit denen man gemeinsam den Feind überwinden kann. Die einem auch mal den Rücken freihalten.«

Der Pfarrer nickt. »Genau. Einsam im Glauben zu stehen ist sehr, sehr schwer. Dafür haben wir die Gemeinden.«

»Aber man braucht auch einen Heiler. Eine Art Retter, der für einen einsteht, wenn man verwundet ist und wenn man versagt hat. Der die Verletzungen heilen kann und im Notfall sich schützend vor einen stellt.«

»Auch den haben wir.«

»Auch den haben wir?« Mark sieht den alten Pfarrer prüfend an. Macht der jetzt dumme Witze?

Der alte Herr sieht zwar ein wenig verschmitzt drein, doch nicht so, als meine er nicht ernst, was er sagt.

»Der Held, der Retter, der sich vor uns stellt, der sogar für uns in den Tod geht, weil wir alle einfach zu schwach sind, um dem Feind zu widerstehen, das ist Jesus. Schon mal drüber nachgedacht?«

Mark schüttelt stumm den Kopf. Nein, darüber hat er noch nicht nachgedacht. Und vielleicht, vielleicht ist die Sache mit dem Konfi-Unterricht doch nicht nur für alte Weiber interessant …

Abschied von Max

Frau Berger war bleich, als sie vor die Klasse trat. »Max wird sterben«, sagte sie.

Wir Schüler schwiegen entsetzt.

Sicher, wir wussten, dass Max schwer krank war. Er war schon seit Monaten nicht mehr in der Schule gewesen. Aber irgendwie hatten wir die ganze Zeit über damit gerechnet, dass er eines Tages wieder auftauchen, seinen Wuschelkopf in den Nacken werfen und einen nach dem anderen abklatschen würde. Dabei würde er sein breites Lächeln aufsetzen, seine Tasche unter seinen Tisch werfen und dann mit einem Schwung hinübersetzen. »Alles im Grünen?«, würde er fragen und sich setzen, gerade noch rechtzeitig, bevor der Lehrer käme.

Max hatte etwas Lebendiges an sich. Er rettete Regenwürmer vor dem Überfahrenwerden. Er sprang über die Tische. Er meldete sich als Erster für die Grillfete. Und wenn er lachte, schien die Sonne aufzugehen.

Keiner, anscheinend auch nicht Frau Berger, konnte sich vorstellen, dass er bald nicht mehr leben würde. Jetzt stand Frau Berger vorne an der Tafel und sah auf ihre Fußspitzen.

Wir saßen und waren sprachlos.

Dennoch fassten wir den Entschluss, Max umschichtig im Krankenhaus zu besuchen.

Leon ging als Erster und kam total geschockt wieder. Max habe keine Haare mehr, sei spindeldürr und könne nicht einmal mehr stehen. Und außerdem sei er total verzweifelt. Vollkommen anders als früher.

Danach traute sich erst einmal keiner mehr hin. Unser Reli-Lehrer, Herr Bietmann, besuchte Max wohl und bat uns hinterher im Reli-Unterricht, doch noch einmal bei Max vorbeizuschauen. »Ihr werdet nicht mehr viel Zeit haben«, sagte er. Und er machte einen guten Vorschlag: »Ihr könnt ja zu zweit gehen.«

Woraufhin ich mich mit Justin zusammentat, um Max zu besuchen. Wir packten Schokolade und ein Buch ein und meine Mutter fuhr uns in die Klinik, in der sich Max jetzt befand.

Wie immer, wenn ich ein Krankenhaus betrete, bekam ich so ein beklommenes Gefühl. Diese ganzen gekachelten Gänge, die Ärzte und Schwestern, die schweigend und mit schnellen Schritten in ihrer weißen Kleidung durch die Gänge hetzen – das ist mir irgendwie unheimlich.

Meine Mutter erkundigte sich an der Pforte, wie wir auf Station 4 kämen. Die Schwester lächelte mitfühlend und beschrieb ihr den Weg.

Wir liefen durch Gänge und fuhren dann mit dem Aufzug. »Station 4: Kinderonkologie«, stand auf einer Glastür geschrieben.

Als wir hineinwollten, fing uns sofort eine Schwester ab. Wir mussten uns die Hände mit Desinfektionsmittel einsprühen und ewig lange abreiben.

Dann führte sie uns durch die Station zu Max' Zimmer. Mir fiel noch auf, dass die Wände hier sonnengelb waren und überall Bilder hingen.

Ein Junge saß in einem Rollstuhl und hielt ein Plastikmonster fest. Sein Gesicht war ganz alt.

Mir war unheimlich zumute. Auch Justin sah sich unbehaglich um, das konnte ich aus den Augenwinkeln erkennen.

Die Schwester blieb vor einem Zimmer stehen. »Soll ich mit hineingehen?«, fragte meine Mutter.

Ich hätte am liebsten Ja gesagt, aber ich schüttelte den Kopf. Das hier war unsere Sache.

Die Schwester geleitete uns hinein. Und dort lag Max in einem dieser hohen Krankenhausbetten. Zuerst erkannte ich ihn nicht. Sein Gesicht war ganz schmal, ohne Haare und ohne Augenbrauen.

Die Augen wirkten unnatürlich groß, wie er uns so ansah, aber er lächelte schwach, hob die Hand und sagte: »Alles im Grünen?« Seine Stimme klang leise und brüchig.

Ich sah den Tropf, der an seinem Arm befestigt war, die Schale, die auf seinem Nachtschränkchen stand. Ich wusste, dass die Schokolade überflüssig war. Max aß keine Schokolade mehr.

Justin aber packte sie gerade aus. »Wir haben dir etwas mitgebracht«, erklärte er und hielt Max Schokolade und Buch hin.

»Leg die Sachen auf die Bettdecke«, sagte Max und sein Gesichtausdruck war schlecht zu deuten.

Das Schweigen wurde peinlich.

»Was macht die Schule so?«, fragte Max schließlich.

»Wie Schule halt so ist«, meinte Justin schulterzuckend. »Langweilig.«

»Ich würde gern noch einmal gehen«, sagte Max leise. Und in dem Moment wurde mir klar, dass auch Max wusste, dass er sterben würde.

Ich hatte einen Kloß im Hals. Als ich kurz zu Justin hinübersah, bemerkte ich, dass er weinte.

Das hatte mir gerade noch gefehlt.

Justin flüchtete zur Tür. »Ich muss mal«, murmelte er und weg war er.

»Hilfe!«, dachte ich. Ich sah mich im Zimmer um, auf der Suche nach einem unverfänglichen Gesprächsthema.

Auf der Fensterbank stand ein komischer Kasten, eine Art Terrarium, mit Ästen darin.

»Was hast du denn da?«, fragte ich, froh, irgendein Thema gefunden zu haben.

»Das hat mir Herr Bietmann mitgebracht«, sagte Max leise.

Ich trat einen Schritt an das Fenster heran. War Herr Bietmann wahnsinnig geworden? Wer schenkt einem Kranken einen Glaskasten mit welken Blättern und Ungeziefer? Überall krabbelten kleine grüne Raupen herum. Und dazwischen hingen noch andere komische Teile.

Max sprach leise. »Die Raupen verpuppen sich. Siehst du? Rechts oben hängen schon zwei verpuppte Raupen. In den Puppen lösen sich die Raupen auf. Vielleicht denken sie, dass sie sterben. Aber dann …« Er schwieg.

Ich begriff plötzlich. »Dann wachen sie als Schmetterlinge wieder auf.«

Ich drehte mich zu Max um. Er sah mich an. Wie unter Zwang trat ich an sein Bett.

Max griff meine Hand. Er klammerte sich förmlich an mir fest. Ich hätte nicht gedacht, dass er noch so viel Kraft hatte. »Simon«, sagte er und seine Stimme klang verzweifelt. »Glaubst du, dass wir wieder aufwachen nach dem Tod?«

Ich weiß nicht mehr, was ich sagte. Ich stammelte irgendein Zeug, ziemlich wirr wahrscheinlich. Versuchte, mich zu erinnern, was ich im Konfirmandenunterricht gelernt hatte: Für Christen ist der Tod nur der – wenn auch beängstigende – Übergang zum ewigen Leben. »Wir werden alle verwandelt werden«, fiel mir ein. Und ich sagte es Max auch.

»Wirklich?«

Ich spürte, wie wichtig ihm diese Frage war.

»Wirklich. Guck, die Raupen, die sich einspinnen, die haben bestimmt auch Angst. Und hinterher ...«

Max lächelte plötzlich. »Hinterher ist alles viel besser ... Sie können ja fliegen.«

Wir schwiegen gemeinsam.

»Glaubst du, dass das so ist?«, fragte Max irgendwann wieder.

Ich nickte. »Wir werden uns wiedersehen.«

Später kam meine Mutter ins Zimmer und holte mich. »Bis dann«, sagte ich zu Max.

Max sah mich bedeutungsvoll an. »Ja, bis dann.«

Wir sammelten den heulenden Justin ein und fuhren nach Hause.

Drei Tage später war Max tot. Ich erfuhr es, als ich im Krankenhausflur stand. Ich hatte ihn noch einmal besuchen wollen. Seine Mutter hatte bei uns angerufen; mein Besuch habe ihm so gut getan.

Als ich kam, lag Max mit geschlossenen Augen ganz still in seinem Bett. Darum saß seine Familie und weinte. Mir war die Szene peinlich. Ich trat an das Terrarium. Die Raupen, die welken Blätter. Die Kokons. Durch einen ging ein Beben. Dann riss der graue Panzer auf. Langsam, ganz langsam ging er auseinander und die noch zerknitterten, feuchten Schmetterlingsflügel wurden sichtbar, entfalteten sich.

Ein Pastor kam und führte Max' Eltern hinaus. Ich stand und starrte den Schmetterling an. Er reckte seine Flügel, versuchte aus dem Terrarium zu entkommen, flog gegen den Maschendrahtdeckel. Vorsichtig nahm ich ihn heraus, öffnete das Fenster, ließ ihn fliegen. Lange sah ich ihm nach.

Die Schwester kam und wollte mich hinausgeleiten. Ich wandte mich in der Tür noch einmal um. Da lag Max in seinem Bett, ganz ruhig, als schlafe er nur. Aber er war schon davongeflogen. »Bis dann«, sagte ich leise.

Nichts Besonderes, aber voll in Ordnung

Kevin ist ein blasser Durchschnittstyp.

Wenn einer aus meiner Klasse gefragt wird nach Kevin, zuckt er mit den Schultern und sagt nach einigem Nachdenken: »Der ist eben in meiner Klasse. Nichts Besonderes.«

Kevin kann kein Fußballspielen und keine Gymnastik. Er hat auch keine Figur für einen Sportler, wenn man ehrlich ist. Er ist ein bisschen dicklich. Nicht riesig fett, aber eben auch nicht schlank. Er sieht nicht wirklich gut aus. Er ist nicht besonders witzig. In den anderen Schulfächern ist er gerade so mittelprächtig in den Leistungen. Und über seine Hobbys weiß man gar nichts. Kevin ist absolut uninteressant.

Bis zu jenem Schulausflug, jenem bewussten.

Die Klasse wandert zu einem Stausee. Das heißt: Zuerst fahren sie mit dem Bus aufs Land. Und dann beginnt die Wanderei. Frau Gruber, die Biolehrerin, hat eine »kurze Wanderung« angekündigt, aber sie weiß anscheinend nicht, was die Schüler unter einer kurzen Wanderung verstehen. Schon bald tun den ersten Mädchen die Füße weh, Kai erklärt, er könne nicht mehr, die Gruppe zieht sich weit auseinander, und während die Referendarin, eine gewisse Frau Ross, mit einem Teil der Schüler vorne geht, läuft Frau Gruber ganz am Schluss, mit den Langsamsten, und treibt sie an.

Die Referendarin erreicht mit ihrer Gruppe die Talsperre. Hier herrscht bereits ein reges Treiben. Anscheinend ist Frau Gruber nicht die Einzige, die die Talsperre für ein tolles Ausflugsziel hält.

»Wir suchen schon einmal einen guten Picknickplatz«, schlägt Frau Ross vor. Die Schüler schwärmen in Grüppchen aus.

Kevin schlendert hinter den anderen her. Mit ihm zusammen geht ohnehin meistens keiner.

In der Nähe einer Kindergartengruppe ist noch ein großes Stück Wiese frei.

»Was sollen wir bei den Babys?«, fragt Anja verächtlich.

Egal, die Referendarin lässt sie die Wiese besetzen.

Und da passiert es. Eben noch haben die Kleinen alle friedlich am Ufer gespielt. Ein paar von ihnen balancierten auf der Böschung, andere kletterten auf die Bäume, die hier ihre Äste weit über den See ragen lassen.

Ein Junge mit rotem Pulli wagt sich besonders

weit vor. Er winkt wild mit den Armen, ruft, nein krakeelt und ist plötzlich mit einem gellenden Schrei in den See gefallen.

Erstarrt stehen die Schüler, während die Kameraden des Kleinen anscheinend überhaupt nichts mitbekommen haben.

»Da«, stammelt die Frau Ross.

Nur Kevin, der handelt. Er läuft los, zieht sich im Laufen die Jacke aus und lässt sie einfach fallen, läuft weiter, streift am Ufer die Schuhe von den Füßen und springt.

Die anderen sehen ihn, sehen das Platschen im Wasser, als der rote Pulli kurz auftaucht, sehen Kevin im See landen, mit ein paar kräftigen Schwimmzügen hinschwimmen, sehen ihn tauchen, das Kind packen, prustend wieder auftauchen, mit dem Kind im Schlepp auf das Ufer zuschwimmen.

Erst als er, mit einer Hand das Kind haltend, sich an der Holzböschung festkrallt, kommt Bewegung in die Mitschüler.

Anja und Lena laufen los zum Ufer und ziehen das zappelnde Kind an Land. Die Referendarin läuft los in Richtung der Leiterin der Kindergruppe. Einige andere stehen einfach nur da. Isabel versucht, die anderen Kinder zu beruhigen.

Als Frau Gruber mit ihren Nachzüglern an der

Talsperre ankommt, sieht sie nur Durcheinander und einen ziemlich nassen Kevin.

»Was ist hier los?«, ruft sie mit überschnappender Stimme.

»Kevin hat ein Kind gerettet!«

Der Rest des Ausflugs findet nicht statt. Es kommt ein Rettungswagen, ein zufällig anwesender Arzt versorgt das Kind. Der nasse Kevin und die aufgeregte Klasse fahren nach Hause.

Kevin ist ein ganz normaler Junge. Ein Durchschnittsjunge. Doch wenn seine Klassenkameraden nach ihm gefragt werden, sagen sie: »Kevin? Ja, den kenne ich. Der geht in meine Klasse. Voll in Ordnung, der Typ.«